玄龙殿下

♡ 身高：189cm
♡ 体重：75kg
♡ 杀手锏：占卜术

无所不能的天才占卜师，
掌握着来自东方的神秘力量，
身负家族使命，
含蓄且隐忍。

我这一生算过很多命，唯独没有算到你。

……是我的，迟早都是。

霜龙殿下

♡ 身高：188cm
♡ 体重：74kg
♡ 杀手锏：摸头杀

可盐可甜的温柔系小哥哥，
柔软的银白色长发上，
闪耀着圣洁的光。
手持一把金色的弓箭，
笑容里总是带着几分疏离，
一直在等待某个非常重要的人。

你是我明目张胆的偏爱。

几位美男殿下的心动求救信号
已经全部发射完毕了，
你的心中有答案了吗？

请选出一位你为之心动的美男，
然后在"恋爱契约"上
写下你们的名字和誓言，
将他从黑暗中解救出来吧！

✦✦✦

心动的信号

MAGIC TIME！
嗨，你醒了？
还记得之前发生了什么故事吗？

这里是一片被诅咒的丛林，
有六位龙族的美男殿下被囚禁于此。
而你正是被故事选中，
穿越到这里来拯救他们的"天选少女"！
六位美男殿下被分别囚在森林里不同地方，
等待你的救赎。
你需要在其中挑选你最心仪的一位，
并同意和他签订恋爱契约，
他才能得到拯救。
注意！你只有一次机会，
未被选中的美男殿下将继续被困在这里，
经历比死亡还要漫长的等待。

所以，你的选择非常重要。
那么，到底谁将会成为你的 one pick 呢？

曜龙殿下

♡ 身高：188cm
♡ 体重：65kg
♡ 杀手锏：壁咚

龙界霸道总裁，
有钱，但没地方花，
嘴硬心软第一名，
关键时刻男友力max。

我的卡，随便刷。

青龙殿下

♡ 身高：190cm
♡ 体重：75kg
♡ 杀手锏：公主抱

目光磁铁，取向狙击者，
平时很容易炸毛，
一旦认定了一个人，
就会表现出十二分的忠诚，
安全感100%。

我甘龙入浅地，
只为你而囚。

堇龙殿下

♡ 身高：186cm
♡ 体重：70kg
♡ 杀手锏：wink

情话技能满分的年下小奶狗，
喜欢恶作剧，
总是带着俏皮狡黠的笑点，
拥有数不清的鬼点子，
浪漫专家兼糖精制造者。

He is the Dragon

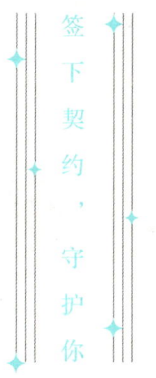

签下契约，守护你

扶他柠檬茶 等 著

美男雷达，开启！

目录 / CONTENTS

01 ◇ 关于龙

我们在谈论什么。
当我们谈论龙时，

Forever 小黑 / 008

02 ◇ 他来自西方

王后在下一盘很大的棋
被诅咒的恶龙
谁还不是小公主咋地
被巨龙绑架的高材生
龙与神棍

一本小簿 / 052
尘嚣 / 047
孙黧 / 038
laq 是只仓鼠 / 035
不风 / 020

03 ◇ 他属于童话

等等，你到底是谁
捡到一头龙
不屠龙的骑士屠龙
恶龙的财宝
白雪公主 Online
巨龙撩妹指南

明月归 / 109
风兮兮 / 101
张拉灯 / 092
时乙戌 / 086
朱奕璇 / 072
猴三棍 / 068

封面插图：十戒 / 内页插图：词申

05
◇ 他活在现在

龙蛋的秘密
孤独的目击者
天界神仙搭档
扫龙
巨龙很忙

孤帆自赏、／267
沈辰桓／259
池袋最强／239
扛爹／213
吞茶嚼花／210

04
◇ 他生于过去

青龙纪
那个男人来自深海
钓龙
恶龙和它的贡品厨子
南黎寻龙记

乔林羽／174
楚临澜／150
暑假／145
扶他柠檬茶／134
不再说／118

- He is a dragon -

About the dragon
关于龙

当我们谈论龙时，我们在谈论什么

♥ 文/ Forever/小黑

作为一名长安城土著，又是叶公好龙爱好者，我一直心里有点小在意：明明中国古代对龙有着大量的历史记载，中国人民对龙也感情深厚，为啥官方对于龙类一点科普活动都没有呢！大众对龙的生活习性知之甚少，甚至干脆有人认为龙是虚构生物——这不科学！

于是我找到了《我们都爱胡说八道》的主编，讲出了心中的疑惑。

主编："既然这样，你来说说，龙到底是个啥？"

看看，连主编都这么无知，基础教育没做好啊！看来我得从头说起了。

"龙其实是一种大气生物，即生活在高空的巨大浮游生物，别称'太古空水母'，一条成年龙的侧翼膜完全展开面积相当于一个中等城市。这样的龙，必然是个吃货，可是普通进食满足不了它们巨大的能量需求，于是龙从积雨云中采集闪电，直接吞食庞大的电能。可以说它本身就是一个飘浮的巨型采电器，这也是为什么龙的出现总是伴随风雨雷电，它本身便是追踪雷电而来的。给你看这本古文献……"

我摊开了手里的资料给主编看：

这（太古空水母）是自然界的终极造化，一个有机生命体，以自身为容器，在我们的上空建立了一个超出普通人想象能力的巨大电能要塞。

——沃·兹基硕德《造物的奇迹，真实存在的十大神话生物》

"科科，你又在瞎忽悠了。龙这么大，又飘浮在高空，一个不小心就摔下来了，怎么没砸死一两个无知路人，酿成重大事故？"主编翻了个白眼。

"这你就有所不知了，龙虽然长得大，但身子虚，身体结构很脆弱！它的组织结构类似于海洋中的水母，只是在强度上远超后者，有时它比较脆弱的侧翼膜会被撕下一条，飘到地表，有些没文化的人以为这就是龙的本体了，图样！古书上记载的'坠龙事件'其实并不神秘，侧翼膜在下坠过程中如同纸片搅拌在蜂蜜中一样，被挤压变形，落到地面上时已经变得奇形怪状，更可怕的是，它们还会在接下来的几天内迅速液化，就像突然消失了一样，所以你没见过龙，很正常。"

"我是没见过龙，但如果龙真的存在，总会有人见过吧？"主编一脸不服气。

我点点头："没错。这里咱们就要追溯一下龙的历史了：其实龙最早被以科学形式记录下来的地点是在南美，太古空水母这种生物，在古代中国被称为龙，在南美被称为羽蛇神（Quetzalcoatl），两者都能腾云驾雾，呼风唤雨。当然我还要科普一下，东方龙和羽蛇神都是大气生物，西方神话中的龙则实际上是数种古龙亚种，只有它们才爱跟公主谈恋爱。另外，海洋中的龙和大海蛇也已被证实为远洋魔蛇，三者之间并没有直接联系。"

"哪里有记载了？我读书少，你不要骗我！"主编还是一脸怀疑。

讲道理，我是这种人吗！不得已之下，我拿出了第一份证据：

"第一份记录龙的手稿来自于一名英国医生佳斯特·吉奥可。1851年，他作为随船医生跟随商船队来到南美，在与当地土著居民的交流后绘制了一幅草图，并写下了自己的猜想，这张图至今仍被珍藏在维多利亚博物馆中。给你瞧瞧复印件——

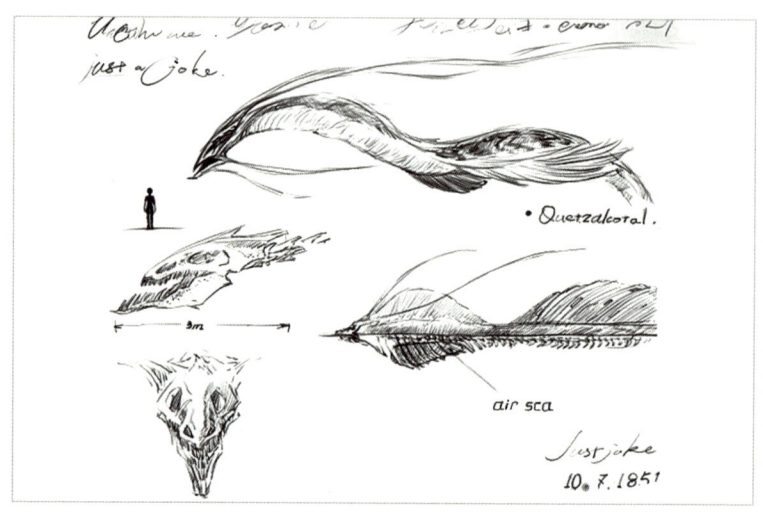

羽蛇神猜想图（复原版，佳斯特·吉奥可，1851）

"这张图与目前研究的龙几乎毫无共同点，首先吉奥可医生仍认为羽蛇神是脊椎动物，并简单地把它描绘成一条'靠肺部巨大气囊飞行的巨型蛇类'，简直无知。当然这也与当时人并不了解飞行的原理有关，他也如同之后的很多科学家一样，严重低估了龙的体积，更没有意识到它是一种大气生物，是一种全新的物种。

"在吉奥克医生的猜想之后，关于龙的研究一直没有进展，直到1911年，年轻的沃·兹基硕德博士第一次提出了大气生物的概念。在这

60年中,有两件大事发生,一是达尔文的进化论最终成为了主流,二是莱特兄弟制造出了人类历史上第一架真正意义上的飞行器。进化论使得科学家学会了动态看待物种的演化,敢于提出新的生物存在形式;飞行器的发明则打开了人类的视野,大家终于明白了天空的重要性。"

哥伦布只是发现了一块新大陆,便开启了大航海时代,而现在我们打开的是整块天空,这将会是伟大新世界的开端!

——1905《莫辛塔宣言》

"这个我知道!"主编兴奋了,"这是《莫辛塔宣言》嘛!当然后来一战,这宣言也没啥卵用了。"

孺子可教也!

我满意地看了他一眼:"那个时代留下的真正财富,是那位年轻博士的天才猜想!在所有人都以为生物体离不开水和氧的时候,这份思想是超越时代的!"

"这位听起来很牛X的兹基硕德博士的理论是啥?"

"这就说到了重点!兹基硕德博士在英国的某沿海小镇长大,没见过什么世面,不过想象力很丰富。博士肄业后专职研究水母和浮游生物,某天他突发奇想,觉得水母和电视里的飞艇有相似之处,于是他大胆地提出了猜想,认为空气不过是另一种介质,在空气之上还有以太,空气与以太之间有着与海洋与空气间相似的生态系统。下面这张是他绘制的大气生物假想图。"

我以迅雷不及掩耳之势又掏出了一张复印件:

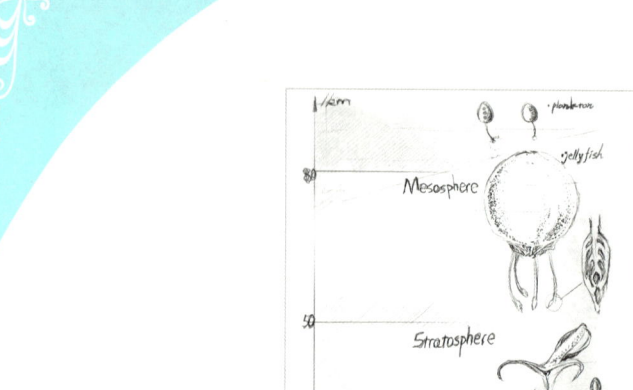

大气圈生物猜想图（沃兹基硕德，1911）

"这一学说在现在看来并不成熟，它完全照搬了海洋表面的生态系统，食物链仍然是这个系统的能量流动的渠道，这是这套理论根本性的错误。但兹基硕德博士指明了研究的方向——即将大气圈与传统的海洋圈、岩石圈的地位等同起来，并指出太古时期第一批大气生物出现的时间早于鱼类登陆的时间，这一理论现在看来依然很正确。当然，究竟是大气生物演变成海洋生物，还是海洋生物演变成大气生物，这一点大家还没达成统一。此后的几十年中，随着航空技术、材料学、生物学的发展，大气生物的飞行原理已被证实，兹基硕德博士也在不断修正着自己的理论——他第一个提出了嗜极生物（Extremophile）的概念，从此，人类重新定义了大气圈生物的存在条件，氧源、碳源等都不能作为绝对的限制条件。人类迈入了全新的纪元！

"飞行原理的解决，新型气凝胶（Aerogel）不断刷新着记录，固体与气体的界限已经变得模糊。后来的1979年的美国德克萨斯州坠落的星星冻的检验报告几乎完全解决了这个问题。再后来，大气能量体系的建立，进一步完善了该理论。1961年尼泊尔科学家皮安壬德首先提出了电能到生物能的转化模式，真正解决了沃·兹基硕德理论一直无法解决的能量来源问题。至此，理论的骨架已经完全建立，只要等第一只大气生物的出现就行了！"

"可是说了这么多，龙还是没出现啊！"主编半信半疑。

"在大气生物出现之前，人类经常脑补YY，觉得大气生物长得像章鱼，1964年还据此拍了一部日本灾难片《宇宙大怪兽多哥拉（宇宙大怪獣ドラ)》，这部电影拍得太成功了，结果在全世界范围内引起了巨大恐慌，害得大气生物研究者在六七十年代中主要工作是科普辟谣。你看这份记录——"

我又迅速掏出了一份证据：

我不关心那些日本人是不是想保卫地球，我只知道这部电影给我们带来了××的麻烦，现在我在实验室里每天要接到上百个电话，都是问美国空军对上大气生物能有多大胜算，其中还有来自空军总部士兵的！！！

——一位不愿透露姓名的大气生物研究组成员
在1969年接受坏球时报记者采访时的表态

"当时的科学家认为，由于大气生物身体密度与对流层上方空气密度相仿，大气生物几乎不可能穿过对他们来说黏稠的底层空气来到地表，否则气压将会将他们压死。而且，即使有大气生物被下降气流拉到地表，低密度生物在面对高密度生物时也有着先天的劣势，因而所谓大气生物袭击甚至捕食人类的说法纯属无稽之谈。

"学界甚至认为，由于大气圈并不存在食物链，而闪电能源又极其庞大，大气生物间不存在捕食关系，竞争关系也不强，没有这种刺

激,大气生物的演化应是极其平和、缓慢的。部分文学者甚至鼓吹'大气生物的进化方式才是文明的、和谐的,大气生物是更高等级的存在',这一思潮和当时的乌托邦主义相结合,在六十年代引起了关于社会学的激烈论战。然而,当时的人们大大低估了大气生物的体积,而这看似无关紧要的一点却是致命的。"

地表生物的劣根性是烙在他们的血液里的,为了争夺地面上有限的资源,他们拼命地捕食、繁殖、划分领地和堆砌资本。他们更无法想象,在几万米的高空,资源像空气一样取之不尽用之不竭,居民能以那样乌托邦般的生活方式度过一生。

——《浮空伊甸园》

"这玩意儿又是啥?傲慢的人类被巨龙狠狠地打脸了?"主编抬头撞见我奇怪的眼神,赶紧解释道,"电影里都是这么演的。"

"没错。"我沉重地点点头,"这就要说到1987年摩根巨龙事件了。1987年是世界历史上除战争外灾难最多的一年,多次灾难的死亡人数均创了世界新高。"

台风:7月中旬"西尔马台风"肆虐南朝鲜,至少350人死亡。11月26日袭击菲律宾吕宋岛的"尼娜台风",破坏了无数个沿海城镇和村庄,至少500人死亡,1000人受伤,数万人无家可归。

水灾:7月份席卷孟加拉国的洪水,造成2000多人死亡,2.5万头牲畜淹死,200多万吨粮食被毁,两万公里道路及772座桥梁和涵洞被冲毁,千万间房屋倒塌,大片农作物受损,受灾人数达2000万人。

干旱:七八月份,亚洲部分地区本该是雨季,可滴雨未下,结果从斯里兰卡到菲律宾乃至中国北部,都遭受到严重干旱。这场干旱是印度本世纪以来最严重的一次。

热浪：7月，持续8天的热浪袭击希腊，雅典郊区温度曾猛升到45℃，从而导致900人丧生。

——该数据来源各大新闻报道

"然而这一切都没那么简单。1987年12月20日，一艘菲律宾的渡轮与油轮相撞，造成了至少1600人的死亡。然而事态的发展出乎所有人的意料，倾倒出的石油惊人地在海面上勾勒出了一个形状——渡轮和油轮是撞在了一个落到海面的大气生物上！万万没想到，这个'偶然'是人类和大气生物的第一次接触！为了获得第一手大气生物的信息，抢占天空资源的先制权，美苏分别派出了当时最顶尖的生物解剖学家，并有双方舰队护航。同时，欧洲各国的专家也是急不可耐，中国领导人也作了重要指示：'中国舰队差是差了一点，但——是，家门口的东西，决——不能丢！'于是当年出现了极其疯狂的一幕，世界各个国家的精锐舰队打着国际救援的名号，浩浩荡荡地开赴菲律宾，满船都是生物学家和解剖设备，以及大量保存用的液氮。

"然而当他们到达现场后，才真正感受到了震撼。眼前若隐若现的生物体积岂止百米，简直是铺天盖地，参与的科学家们简直都要哭出来了，这玩意儿太大，没法解剖，而且过几天就会消失，人类带的液氮远远不够。'现在考虑独吞实在是天方夜谭，我们应该坐下来想想办法。'美方率先发出了信号，苏方欣然接受，经过全球各国顶尖专家的短暂交流后，结论也出来了：

"传统的解剖概念已不适用于这种规模超大、时间有限的情况，相关工作需要巨型重机械与精密重机械的配合，最后整合出大致的结果。这也是'重型解剖'概念的首次提出。

"接下来的几小时内，美苏迅速展现出了作为超级大国的工业实

力，数台超重型机械经过重组后第一批投入使用，同时订做的原型机也已具雏形，其他国家也在其他方面做出努力，想着分一杯羹，欧洲的非量产高精度器械马不停蹄地在加工，日本的工业机器人也准备上阵，中国作为邻近国则抽出了数万人力，负责用生物涂料在透明尸体上标记颜色，菲律宾的领海一下子成了最热闹的公海。

"从摩根巨龙被发现到解剖工作的结束，一共经过了69小时，在这不到三天的时间里，人类展现出了空前的强大与团结，有人认为在这几天中生物科技至少飞跃式地进步了20年。

"在随后的几天中，各种数据如流水般汇入中心实验室，87岁高龄的兹基硕德教授和他年轻的学生日本科学家辻博义，分析并绘制了史上第一份大气生物解剖图，并以Morgan来命名这个伟大的生物。"

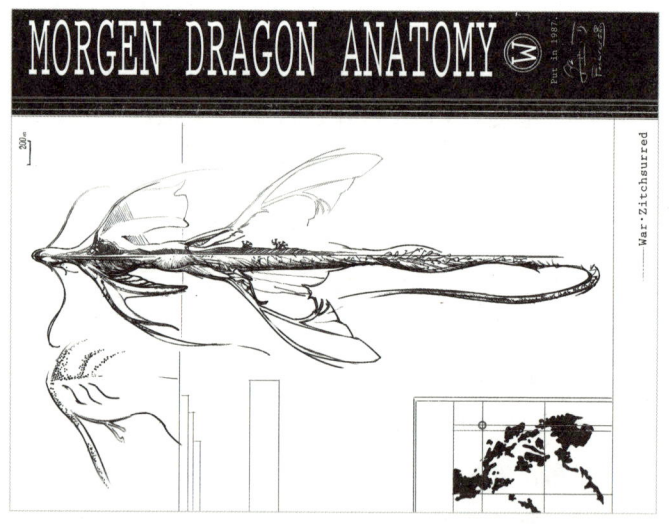

1220档案封面图

（注：Morgan le Fay，摩根勒菲，亚瑟王传奇中的强大的女巫，象征超自然的存在）

主编紧张地看着我，等待我拿出传说中的大气生物解剖图。

这玩意儿——我怎么可能有！这可是绝密的档案！不过作为资深大气生物研究专家，档案我还是看过的。凭借记忆力，复原个八九成不成问题。

我继续讲解："在染色图中，亮色表示与已知生物相似的蛋白质组成，其余部分则是大气生物独立进化出的非碳基组织，在与下图的摩根巨龙密度图对比可以看出，这些非碳基组织的密度小得难以想象。"

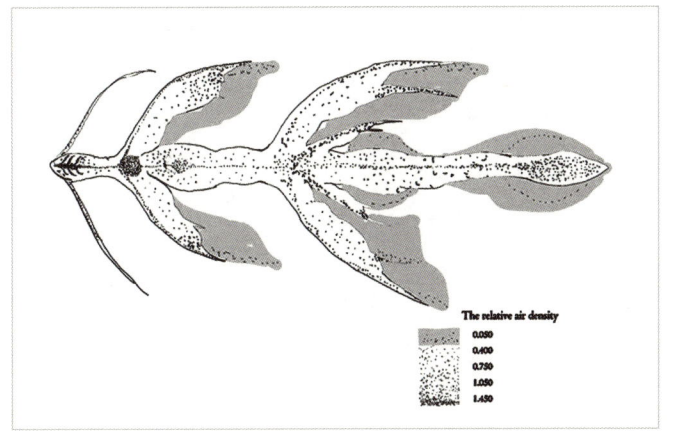

"其他道理我都懂，只是有一点不明白，摩根巨龙体型这么大，不符合进化论的规律啊！毕竟体积越大，越容易被气流扯坏。"主编提出了疑问。

"你终于问到了重点！当时的科学家也很费解，按理说，大气生物最理想的状态应该是较为规则的小型水母状形态，于是让博义提出了一个大胆的猜想：大气生物或许有操纵天气甚至局部气候的能力。

"让博义认为，大气生物很可能以类似于部落的形式群居，他们的一个部落便是一块大洲，1987年的极端气候可能是两个部落间的大气生物发生了战争，而摩根巨龙便是被另一方制造的下降气流拉到了底层大气，它生前或许是一名首领。

"据说美国军方秘密将摩根身上的一处神秘结构运到了内华达州，俄罗斯至今仍认为那正是大气生物操纵天气的核心器官，在后来的游戏红色警戒（Red Alert）系列中，美国的超级武器也因此变成了能带来巨大灾难的闪电风暴。"

"原来这个游戏里面蕴含了这样深刻的哲理！"主编恍然大悟。

"当然，大气生物之所以长成这种形状的原因，到现在都只是猜想，还没有定论，但根据目前的资料看，太古生物与普通生物相比，走的是完全不同的进化之路，不能全用我们的进化论去揣测。对龙这种生物，我们知道得还远远不够！"

"说得太有道理了，这期版面都给你！"

主编握着我的手，久久地不愿松开。很惭愧，我只是做了一点微小的贡献。

◇ END ◇

○ 索引表

沃·兹基硕德——我自己说的
佳斯特·吉奥可——JustJoke
莫辛塔宣言——莫信他宣言
皮安壬德——骗人的
摩根巨龙事件——没根据龙事件
坏球时报——字面意思
辻博乂——××（自己理解）

他来自西方

龙与神棍

文/ 不风

1

漆黑空荡的山洞里,冷风夹着细雨"嗖嗖"地吹,龙蜷着尾巴把头埋在翅膀下可怜巴巴地缩在犄角旮旯。

没有堆成山、亮晶晶的宝石给它玩,也没有金闪闪的金币给它铺床。别说香香软软的公主小姐姐了,就连头母龙都没有!

冷冷清清凄凄惨惨。

来扶贫的龙使绕着寒酸的山洞门口飞了好几圈,这种洞穴根本就不想踏进去好吗。

怎么会有龙惨成这个样子?

龙使:"咳咳。"

龙头也不抬,闷声道:"走错了,这儿没有公主也没有宝藏。"

龙使:"没走错,我是奉龙神的命令来扶贫的。"

龙闻言露出脸来,一双黑瞳在昏暗中闪闪发光。

在看清龙脸的那一刻,龙使瞪大了眼睛:"我的妈啊,你怎么这么丑！"

龙的眼眶迅速积满泪水："你半夜上我家来就为了说我丑吗？丑怎么了，吃你家大米了？你们这些长得好看的龙永远都不懂丑龙的痛苦！"

龙使也觉得自己很没有礼貌，顿时讪讪道："这不是给你送福利来了么，先做个调查看看你属于几等扶贫对象。"

龙伸出丑丑的爪子擦干眼泪，坐等龙神的福利。

"第一个问题，今年多大了？"

"一百岁。"

"第二个问题，有谈过母龙吗？"

"……没有。"龙很丑，丑到爹不亲娘不爱，方圆百里的母龙都躲着它走。

"第三个问题，抢到过公主吗？"

"……没有。"公主见它第一眼就被丑哭了，抱着柱子撕心裂肺地表示被这种龙抢走她会成为全国的笑柄，还不如现在一头撞死。

"第四个问题，有被勇士找上门吗？"

"……没有。"它这种一穷二白的单身丑龙，屠龙勇士表示屠起来一点成就感都没有，龙骑士也觉得带它出去实在太丢脸面了。

龙使听完简直要为他流下心酸的泪水："大兄弟，恭喜你已经达到特级扶贫标准。一座小山的金币、一个香香软软的公主和一个高富帅的龙骑士，你可以选择一种福利。"

"……"怎么办幸福来得太突然。

龙啃着指甲陷入了选择恐惧症。

龙使帮他出主意："选公主吧，贼划算。她要是喜欢你，她的父亲就会给她很多的嫁妆；她要是不喜欢你，还有勇士来抢她。到时候

你就可以用公主换很多金币,等你有了金币,说不定就有母龙愿意跟你了,岂不是美滋滋?"

好像很有道理的样子。于是龙选择了公主。

龙使不知从哪儿掏出一个装满石头的袋子:"这是龙神为了扶贫特意找的公主,你随便挑一块,选个喜欢的日子亲一口,石头就变成公主了。"

龙小心翼翼地抓了一块出来,热泪盈眶地送走了龙使。

一百年了,它终于也可以有公主了耶!

2

龙挑了个月圆之夜,沐浴焚香,还特意磨亮了脚趾甲。石头静静躺在它的爪心里,在月光下散发着幽幽莹光。

它俯身轻轻地吻了上去。

龙神诚不欺它!石头轻盈地浮在空中化成一团白光不断拉伸变化。

龙的心脏"扑通扑通"地跳得飞快,害羞地捂住自己的眼睛。怎么办好紧张,一会儿要跟公主说什么好啊。

终于等到光亮消失,龙小心翼翼地拿开爪子,低头,与一双黑瞳撞上了视线,四目懵×。

没有传说中金色的长发、蓝色的眼眸和白皙的皮肤。只有粗糙的黑短发、破旧的褡裢和瞪大的眼珠子。

眼珠子看着它又瞪大了一圈:"我的妈你是什么东西?怎么这么丑!"

"……"

"……"

"……"

龙的眼泪"唰"地一下就掉下来了,在地上砸出一个个大坑。明明公主也不好看,凭什么还要嫌它丑!

"哎哎哎,别哭别哭,我错了还不行吗。"

龙抽抽噎噎地低头看了公主一眼,哭得更凶了:"骗人,这个公主还是个男的!"

"???"

这下公主不乐意了:"谁告诉你我是公主的,老子是个算卦的。"

龙打着嗝收住眼泪:"……嗝?"

3

算卦的有个绝活,会忽悠。说白了就是个神棍。

早些年他师父还活着的时候,一大一小两个忽悠扯着幡、背着褡裢走南闯北,算姻缘算天气,摆开桌子往那儿一坐,还真像那么回事,看人脸色瞎说还能猜中不少,马后炮更是玩得出神入化。

时间久了师父被人喊做老神仙,算卦的自然就是小神仙。

后来老神仙老得走不动了,这身衣钵就交给了小神仙,临终拉着他的手老泪纵横:"这行做了一辈子,始终是有个心愿未了。"

"师父您说。"

"这坑蒙拐骗怎么说也不是个正道……如果你有机缘,就找条龙吧……"

算卦的给吓了一跳:"找龙作甚,这话给皇帝听见了该不是要砍我的头?"

"你就非要往外宣扬？你还记得咱前些年在柳州遇见的神算子老李吧，知道他为何只算天气，还一算一个准不？就因为他养了一条龙！让它在哪儿下雨就在哪儿下雨，能不准吗？"

"……"有甚区别了？不就是多了条龙跟他一起坑蒙拐骗吗！

算卦的把这话埋在心里头，还是答应了师父的要求。

他背着行囊离开了天朝，游走在世界各地，精通了各国语言，活得还有点小自在，除了没有钱。

还有就是他一直没有找到龙。

那日他竟有幸跟着使者混进了某小国的皇宫，在后花园中见到了国王的十六岁小公主，算卦的拉开架势说要跟人算姻缘，两人正小手拉小手笑得桃花灿烂时，一道雷从天上劈下来。

然后就没有然后了。

4

算卦的绷着脸不开心，香香软软的小公主一瞬间变成了眼前的丑八怪，换谁都得发个脾气。

龙也很委屈，只不过在听完青年的不幸遭遇，委屈全都变成了愧疚。

它轻轻用爪爪碰碰青年的头发，小小声道："对不起啊，我会好好待你的。"

算卦的白眼一翻："呵，你绑架了我，要是还不好好待我，你还是人吗！"

"……我是龙。"

"不听不听我要回去找公主……等等,龙?!"算卦的仰脸张大嘴巴看着眼前这尊丑八怪,"老铁,骗人也要讲点基本法……龙明明身子长长的,有很多爪子,还在天上飞的!"

龙呆了一下:"我是西方龙。"

算卦的理解地点点头:"原来西方龙都这么丑?"

"……"

龙好委屈,还不敢说。

"哎呀,外国龙也是龙,我也算找到龙了。"算卦的打开褡裢摸出三支香来点燃,磕头告诉师父这个好消息。

龙小心翼翼地问道:"那你是愿意留下来跟我住在一起了吗?"

"哈?"算卦的看看它,有点犯愁,"虽然你也是龙没错啦……可我要找的是那种会行云布雨的龙。"

龙没听懂。

"简单点说,就是会喷水,你会不?"

龙眨巴眨巴眼睛:"我会喷火。"

算卦的收拾东西就要走。

龙急得眼泪直往外冒:"我可以学的!"

算卦的被它的眼泪砸得措手不及,捂着腰悲愤道:"闭嘴别哭了!你想砸死我吗?"

"……"龙捂住了自己的眼睛,兜着眼泪,丑得可怜巴巴。

5

算卦的暂时留在了龙的洞穴,很简单,因为他走不出去。

龙住在群山深处，这里人烟和龙烟一样的稀少，只在山的外围才有一座人类的小城镇。如果龙不背他飞出去，凭他自己大概是要走好几年的。

"你说你们这不是拐卖人口吗？幸亏是我被绑来了，要是换成公主，可是要让人心疼死的。"算卦的看着寒酸的山洞差点没吐口血出来。

龙忙着扯蒲草给他铺软软的小床："不会的，其他龙家里都很富有，有好看的小裙子和蛋糕，还有金币做的床可以睡觉。有很多公主会选择留下来，不愿意留下的会有勇士来救她们。"

"……"怎么办现在换条龙还来得及吗？

算卦的满腹心酸，直叹造化弄人。勇士会去救公主，可不会来救一个算卦的！

龙毫无自觉地给他补刀："没关系，你不是公主我也不会嫌弃你的。就算你长得不好看，并不香香软软，也不能换亮晶晶的金币，我也不嫌弃你的。"

龙觉得自己的心脏暖暖的，它的山洞第一次有人跟自己一起住，怎么办开心得想喷火。

算卦的瞪着他："可是我嫌弃你！"

他气呼呼地躺在龙给他做的小床上，翻来覆去意难平。

自从算卦的在山洞中住下，龙就开始了它充实的生活。

早上去山中抓兔子野猪，喷火做饭，剩下的时间飞在空中练习喷水。

虽然并不知道为什么要喷水，不过算卦的喜欢，它就会努力。

算卦的坐在小山头上的大树底下，啃着烤肉打着哈欠看龙在天上张嘴喷火。

打着圈的，螺旋上升的，还有心型的……

算卦的真是恨铁不成钢，心想外国龙到底是不如天朝龙聪明啊。

他的梦想很简单，成为万人敬仰的神算，而不是神棍。最好还可以有很多很多花不完的钱……

这一切的前提是他要有一条会下雨的神龙，而不是眼前这条只会喷火的傻蛋丑龙。

龙也觉得自己真的很笨，能喷火为什么就不能喷水呢？

它俯身一口气撞向了山上的瀑布，灌了一肚子水，又直冲上天空。

龙憋足了气，张嘴一吐："……噎……"

"……"

算卦的看着一团飘在空中的灰烟扶额叹气无话可说。

7

龙喝了太多的水，竟然坏了肚子。

那晚它有气无力地趴在山洞里，"呼哧呼哧"地喘气，连尾巴都抬不动。

算卦的觉得这事儿的主要原因是这龙太笨，但有一部分锅还得他自己背。

于是心有愧疚的算卦青年自己动手烤了一块肉塞进了龙的嘴里——虽然那点肉都不够龙塞牙缝的。

算卦的懒洋洋地靠在龙身上，很无聊，叼着一串肉开始碎碎念。

"早些年我跟师父出去摆摊算命,那会儿真是一个月都吃不着一口肉,那会儿我就想啊,要是有一天我有了钱,一定要包下城里最大的酒楼一次吃个够。

"后来练成一点忽悠的本事,钱也多起来,可还是不够师父的酒肉钱,我就特别不服气,凭什么有些人什么都不做就可以享受荣华富贵。

"其实我也潜心学过真本事,好些人说我姻缘算得还是蛮准的,我就想给自己算一卦,算来算去都是个空,这还了得,我可不想以后变成单身老汉,跟我师父一样。"

龙趴着一动不动,只是竖着耳朵表示自己有在认真地听,虽然并不太懂那样的生活,不过想来是跟自己差不多吧,孤孤单单,没有钱也没有女朋友。

有点心疼。

算卦的说够了自己的事,拍了拍龙尾巴:"阿丑啊,你也说说你自己啊。有什么心愿之类的,我自己说多没意思。"

龙想了想,老实道:"别的龙都有公主或者母龙,不过我有你就够了。"

"……除了这个呢?"

"喜欢亮晶晶。"龙说着眼睛中的光芒黯淡下去,"可我找不到亮晶晶,它们嫌我丑,不让我去有亮晶晶的山里住。人类也有亮晶晶,可是我不会抢。"

算卦的琢磨了半天才懂亮晶晶是个什么东西。

他翻身拿出了自己的旧褡裢,抖了抖,里面掉出几个算卦用的铜钱。算卦的捡起一枚,凑到龙的指甲旁,开始磨光。

过了半天,算卦的把手伸到龙的眼底,撒开脸道:"喏,亮晶晶。"

龙在看到铜钱的那一刻,眼瞳亮晶晶得像是漫天星辰那般璀璨。

怎么办……好开心……想喷火。

8

"……"

算卦的发型被烧成了亮晶晶的大光头。

你他娘的有毒吗?

9

龙晓得自己做错了事情,摇着尾巴求原谅。

算卦的照着泉水把自己的光头摸了个百八十遍后痛定思痛:"天生你才必有用。"

"……啊?"

"谁说一定要用龙来算天气了,真是不懂得变通。"

算卦的慈祥地摸着龙的脑袋:"阿丑啊,想不想去人类的城镇看一看?"

龙抖了一下:"他们会被我吓到的。"

"你不用出现在他们面前,我们搬到山的外围去住,其他的事情我来办。"

龙犹豫地看着他:"你不会离开我吗?"

"不会不会,而且我们很快就会有很多亮晶晶了。"算卦的仿佛已经看到了美好的未来在向他招手。

龙答应了，只要算卦的不走，去哪里住它都不会有意见。

10

山外的小镇上最近来了一个东方神仙。

神仙长得慈眉善目，就是不知为何没有头发。

神仙手持幡旗在桌边一坐，自有一众镇民前赴后继地来排队。

他们都说这种东方的仙术真是比女巫的水晶球神多了，只要给神仙看看手掌，就能算出姻缘富贵，神仙往桌上扔几个硬币，还能得知家中近期运势。

算卦的在夜里数着村民给的亮晶晶，笑得眉眼弯弯。

这大概是他做一行以来，算得最顺畅的时候吧。

原因无他。

算卦的说："你家的地明天会起火。"

龙在夜里"呼哧呼哧"地喷小火。

算卦的说："你儿子这姻缘成不了。"

龙在夜里把人家的未婚妻送到了百里外的小镇上。

龙看他笑得开心，尽管心里有些不安，却还是傻傻地凑过去蹭蹭他的手，讨一个摸摸头。

算卦的慷慨地用亮晶晶的金币给龙铺了一个大床。

11

为了留住这位东方来的神仙，热情的镇民们在镇上给算卦的建了

一个结实好看的小房子。

算卦的推脱了几次,最后还是意思意思地搬了几样东西进去了。

他站在属于自己的房子里眼眶莫名地发酸,人生过去的二十年里他日日风餐露宿,天为被地做床,家这种东西对算卦的来说真的过于奢侈,属于想都不敢想的行列。

现在他竟然真的有了自己的房子。

这种喜悦必须是要找个人分享的,他提着烤鸭和酒回到了龙在附近的巢穴。

龙张开翅膀载着他在天空飞来飞去,算卦的趴在龙的脑袋上,笑得合不上嘴:"阿丑,你知道吗,我现在竟然有家了。"

龙回头蹭蹭他的手,晃着尾巴替他开心。

算卦的越看龙越顺眼,其实龙丑得也很可爱呀,他说:"阿丑啊,等我们再赚多点的亮晶晶,回头我讨一个媳妇儿,你也讨一个母龙过日子,是不是很棒?"

龙愣了一下,自从有了算卦的之后,它从未想过去找条母龙,也没有想过原来算卦的想要个人类媳妇儿。

它有些委屈:"我们一直这样不可以吗?"

"哎呀,这样当然不行,在我们国家,男人都是要成家立业的。"

龙并不懂他的意思:"……你不是我的家吗?"

算卦的沉默了一下,扯了扯嘴角,心想这龙果然还是太笨,等到时候他娶了媳妇生了大胖小子,阿丑大概就懂了吧。

12

算卦的在镇上过得很满足,他的房子里渐渐地添置上了各种各样的家具,偶尔还有漂亮的姑娘在他门前放一束新开的花。

他想,现在也算是事业有成了,总跟龙住在一起算怎么回事呢。

渐渐的,他已经很久都没有回过龙的洞穴了。

龙每晚趁着夜色悄悄地蹲在他的窗户前,看着算卦的抱着枕头睡得雷打不动。它默默地看一会儿,也就悄无声息地飞走了。

算卦的不知情,依旧是每天收摊后乐呵呵地四处找好酒,喝个痛快。

他想,这钱也赚得够多了,终于可以收手过好日子了,再不能每天坑蒙拐骗了。

可纸终究是包不住火的。

龙的气息被路过的勇士发现了,他们拿起染血的剑和枪迅速组成了屠龙小队。

算卦的从镇上喝酒回来经过山脚,只听到漫天的喊杀声,红色涂满了他的整个世界。

龙张开巨大的翅膀疯一般地四处冲撞,喷出的火焰烧光了周边的农田,镇上的人们纷纷逃走,还有几个胆大的年轻人提着火枪加入了屠龙的队伍。

算卦的惊呆了,他下意识地冲着龙喊叫:"阿丑!"

龙却没有看他一眼,此时它的眼瞳已经化作了血红色,火药一梭一梭地在它的身体上炸出血洞,它哀鸣着拍打着翅膀,死死护住身后的巢穴。

战斗从傍晚开始，持续到了月上梢头。

也没有人注意到算卦的异样，他们战斗得酣畅淋漓。

山风中弥漫着血的味道，勇士们拖着龙巨大的身躯兴高采烈地向外走去。

他呆愣地看着眼前的一切，终是拦在了他们面前，看着那条永远闭上眼睛的爱哭的丑龙，脑中一片空白。

勇士们面带怜悯地看着他："亲爱的东方神仙，您一定被这条作恶的龙吓坏了吧。说起来它可真是胆大包天，竟敢在人类的城镇旁安放巢穴，还肆意烧毁城镇的田地。"

"不……"不是这样的，明明不是这样的……

他摇着头，却一个字都说不出来。

"可以……可以别带走它吗……"他颤抖着请求道。

勇士队长奇怪地看了他一眼，拒绝了："这是我们的功绩，要交给国王审核的，我们还指望靠这龙娶公主呢。"

"你别看这条龙长得丑，力气可真不小，我的胳膊差点就被它咬断了……"

"我的火枪也废了好几支，还好最后从它的巢穴里找出了几袋子金币，不然这一趟可真亏。"

"对咯对咯，你说都有那么多金币了，这丑龙被打死的时候手里居然还攥着块铜币，是不是傻。"

"……"

13

龙被勇士拖走了,他们大声唱着胜利的歌向王宫走去。

算卦的站在月光下无声地遥望他们离去的方向。

地上有什么东西在闪闪发光。

他俯身捡起。

手心里躺着一枚被磨得发亮的铜钱,在月光下闪烁得像星星的眼睛。

他攥紧了手指,摇摇晃晃地向龙的洞穴走去。

在那泥土湿润的地面上,是一座树枝搭成的房子,简陋得像是儿童的戏作。

山风吹过,那房子在一阵摇摇晃晃之后终是倒塌了。

他蹲在还带着绿叶的树枝旁,笑得泪水布满脸颊。

他的龙,真的是个笨蛋呐。不嫌弃你了。

真的,不骗你。

◇ END ◇

被巨龙绑架的
高材生

文/ laq是只仓鼠

巨龙绑架了正在读生物学 Phd 的王子。

王子的课题是"T 型高山巨龙的喷火机理简述",所以王子一点儿也不害怕,甚至还有些想笑。他觉得自己要发大 paper 了,毕业有望。

巨龙则觉得很尴尬,王子一直在要求解剖巨龙,还说不会疼的,自己有帝国伦理委员会发的宰杀许可证,"duang"的一下就好了。

巨龙说:"好什么啊,你难道之前杀过龙?"

王子摇了摇头:"我之前倒是杀过三百零二只围领蜥蜴,不过没关系,我是天才。"之后不知道王子从哪里搞来了一大套仪器,开始每天从巨龙身上取血液样本,拿着瓶瓶罐罐不知道在鼓捣什么。

巨龙看着写实验记录的王子,问:"为啥还没有人来救你或者给我赎金?"

"啊?你想什么呢?我那个读新闻传播的弟弟估计已经对外宣称我的死讯了。现任王储应该是我的程序员二弟,毕竟王国里现在程序员最多。"

巨龙说:"你们人类真阴险。"

王子大笑："你懂什么，这个可是民主社会。大叔，是你太心软了吧，来张嘴，我取点儿唾液。"

后来巨龙听说，王子果然被牺牲了，而且都没有提过巨龙的事情，只说是王储宫殿失火了。那天，巨龙想起了自己山洞贷款的还款日期就要到了，很不舒服，喝了很多酒，喝醉了。巨龙回到山洞，发现王子也喝醉了。

巨龙说："你走吧，我这山洞要到期了，养不起你了。"

王子说："没事儿，我文章发了，现在拿到了神圣王国的教职和启动资金，这山洞和你我都买下来了，以后这里就是我的实验室，你就是我的实验材料了。"

一人一龙，相拥着哭了一宿。

王子继续做巨龙研究，他是这方面的泰斗了。那些老教授只在破败的文献里见过巨龙，而王子则养着一条巨龙。

巨龙问："你到底在研究什么？"

王子说："我研究的是你。"

第五篇大 paper 后，王子成为了神圣王国的首席学者，他成立了自己的商号，开始进行巨龙研究的产业转型。五年后，名为"巨龙"牌的自动生火炉进入了神圣王国的百姓家中，八年后，巨龙火焰动力机问世，神国进入科技工业革命，国力日见兴盛。而王子也凭借着国家研究院院长和首席学者的身份当选了神圣王国国王。

出于对神圣王国财富的觊觎，帝国联合矮人、精灵、兽人、地精、巨魔、女妖、亚龙等三十三个部落和国家，发动了第一次帝国战争。眼看节节兵败，王子组织学者，启动了龙顶山计划，一年后，巨大的蘑菇云在三十三国首都升起，火龙的火焰燃遍整个大陆。一周之内，所有敌对势力宣布无条件投降。

一个月后，神圣联合王国建立，以科学委员会选出的首席科学家代替国王。一周后，王子当选为第一任联合王国首席科学家。

后来王子卸任了，却继续做着巨龙研究，联合王国的国立火龙研究院是王国内所有学子的梦想。

走进研究院的大门，你能看到王子和巨龙的塑像：王子穿着实验服，依偎着巨龙，据说是在谈论课题。真相已经没有人知道了，因为五十五年后王子就死了。

巨龙则还活着，他现在还住在山洞里，是研究所的名誉教授，它现在养了很多的围领蜥蜴，也不杀肉取样跑胶，就是养着。

每当有年轻的学者找到巨龙，巨龙都会教给他们一些人生的哲理和经验。看着满街的汽车和平地而起的高楼，巨龙总会感叹一下，想起三百年前的那个夜晚，自己抓走了那个穿着实验服的王子。听说还有好事者把那一幕做成了雕像，谁知道呢。

巨龙忍不住笑了一下，从鼻子里喷出了一个小火球，围领蜥蜴们则叽叽喳喳地陷入了惶恐。

◇ END ◇

谁还不是
小公主咋地

文/ 孙黯

1

恶龙是真的恶龙。

它会喷火,有凶悍的眼神、锋利的爪牙、通体遍布的黑色鳞片,还有能将参天大树拦腰截断的尾巴。

公主被它抓去的时候也吓坏了。

"我的亲娘!我从来没见过收藏了这么多洋娃娃的恶龙!"

2

恶龙是真的恶龙。

但它也会说人话。

"不好意思把抓你过来……太久没人陪我说话了。"

它住在缀满了粉红色和乳白色蕾丝的高塔里,地上铺着像春天的青草一样柔软的地毯,墙角有堆积成山的毛绒玩具——这是一条有收藏癖的龙。

它说话的时候，鼻孔里喷出岩浆般灼热的黑焰，断断续续的，声音却十分天真无邪："其实我想说，公主你的小裙子真好看呀……"

它粗壮矫健的身子盘成一团，羞涩地对起了手指。

难怪它这么多年都在锲而不舍地抓公主。

姐妹大过天啊。

3

"原来是这样。"

在闲聊间彼此熟悉之后，误会解除，公主也不见外了，单手提起沾满炭火灰的裙子，上炕似的"扑通"一声坐下来，语重心长地说："你抓错人啦……虽然交个朋友没什么问题，可是这样我男朋友还得来救我，男人啊，真麻烦。"

话说到一半她突然想起什么，用左手的拳头砸了右手的掌心，说："我有个主意！你可以去找山那边的古堡魔王玩呀，你们俩应该很合得来！"

"它是什么样的人呀？"恶龙好奇地歪着头。

"我也不太了解，只知道我男朋友跟它打过一架。它好厉害的，长生不老，长着獠牙，它现世的时候，整个天空都一片漆黑！"公主张开双臂，"哦，它还用红色眼影，秋冬最潮。"

恶龙惊慌失措地捂住了胸口，呼吸急促起来。

哇！它居然用红色眼影好清纯好不做作和外面那些妖艳贱货好不一样！

正说着，姗姗来迟的王子爬上了高塔，挥舞着剑从窗户口跳了进来："喜份儿我来救你了！"

公主最讨厌说话被强行打断，她飞起一脚踹在男朋友脸上："傻X，闺蜜说话男人少插嘴！"

4

王子挨了一顿捶，把公主接走了。

这下又没人陪恶龙讨论小裙子和洋娃娃了，它很孤单。

在公主来之前，它就已经这么孤单了一百年。

但是幸好，王子和公主在临走前告诉了它去寻找古堡魔王的路线。

"你要翻过一座山，跨过一条河，穿过冰原和火海，抵达一片森林。魔王的城堡就在那里面。"

于是恶龙准备了一袋好吃的糖果，带上最喜欢的洋娃娃和小裙子出发了。

5

恶龙花了一天时间就飞到了魔王的家。

它本想变成好看的人类的样子，那样新朋友大概会更喜欢它一点，不会因为它的爪牙和鳞片就对它退避三舍。

但它太着急了，一心想早点到达目的地，飞行消耗的魔法太多，它穿越冰原的时候就支撑不住了，鳞片和尾巴都没办法藏起来，最后体力不支昏倒在魔王的城堡门前。

魔王傍晚出来倒垃圾的时候吓了一跳。

这它妈是碰瓷的?

6

魔王是真的魔王。

它抖抖黑披风,隔开风雪,把这个奄奄一息、看眉眼分不清男女的人类给抱了进来。

人类匀称的体型和白嫩的皮肤可是难得一见的上好食材!魔王系着围裙,靠在砧板边翻阅《舌尖上的魔界》,寻找到绝佳的烹饪步骤。它打算先吸光它的血,剩下的肉趁新鲜做个刺身,骨头可以炖汤。

想想就忍不住苍蝇搓手。

哥们儿今天开荤了。

然而天不遂魔王愿,芥末酱油和香菜都准备妥当,人类却醒了,"嘭"的一声变成了一条黑鳞巨龙!

一屁股坐碎了魔王一瓶 88 年的红酒。

魔王:"……"

这一切发生得如此猝不及防,魔王顿时不知道该解释它手里的刀还是身上这条写着"XX 厨具热爱生活每一天"的围裙。

它只能抽搐着笑脸打了个招呼。

"我靠啊。"

7

"对……对不起……"

发现自己弄坏了人家的东西,恶龙眼眶里顿时蓄起了晶莹欲滴的泪水,努力解释道:"我是来找你玩的……我住在山的那一边的森林里……我不是故意的……"

魔王的表情特别可怕,红色的眼影散发出狰狞邪恶的气息,一言不发,恶龙觉得天都要塌了。

它坐在地上稀里哗啦地哭,短胖的四只爪子绝望地划拉,从床板和酒瓶的碎片里摸出自己的包儿,呜呜咽咽地递过去:"这是送你的礼物。"

魔王一脸狐疑地接过来,打开。

糖果裙子洋娃娃。

花边锦簇,蕾丝葳蕤,魔王看了想跳楼。

"这位姑娘。"它深吸一口气,恳切地握住了恶龙的爪子,"是谁把你变成龙的,本魔王替你报仇。"

8

"哦,原来不是姑娘。"

魔王听完了龙嘉宾的自我介绍,对之前的冒犯感到抱歉:"抱拳了老铁。"

恶龙捋了捋尾巴表示并不在意。

"我妈说生男生女都一样。"

三观笔直了，妈。

9

"所以伯母就不care你收藏那么多限量手办和哥特洛丽塔吗？"
"龙……龙就不能喜欢洋娃娃和小裙子吗？谁还不是小公主咋的！"

10

魔王是真的魔王。

与传闻一致的是，它外表是个不苟言笑的冷酷型男，极少显露真身，看人的表情总是居高临下，有种不轻易亲近别人的倨傲，只穿工匠特制的纯手工衬衣，只吃五分熟牛排，只用红色眼影。

与传闻不一致的是，它慷慨又友好地款待了恶龙，留这位远道而来的朋友在自己的古堡小住，赠它精致的衣物和美食，让它睡城堡里布置得最舒服的房间，那里有烧得热乎乎的暖炉，蛋糕一样松软的大床，还有它收藏的珍贵留声机。

不愧是称霸魔界的男人。这待客之道是没得挑剔了。恶龙充满敬佩地想，跟魔王一比，自己活得实在是太糙。

临睡前它征得主人的允许，小心地打开了那个造型古朴的留声机，人类社会的先进文明对于一条龙来说实在是太神秘了。

"沙沙"声从喇叭里传出来，从模糊到清晰。

恶龙不禁凑了过去。

"……甜蜜蜜,你笑得甜蜜蜜……"

天了噜,还是外国话。

11

魔王邀请恶龙一起喝下午茶。

由于生存环境和生活经历相似,它们有很多话题可以讨论。大到天文地理和人类历史,王国的兴衰和时代的变迁,小到森林猎人王师傅谈到隔壁的女巫刘姐,已经转行去当足模的灰姑娘和上门踢馆的勇者。话挺投机,就像公主说的,相似的人总是合得来的,聊多久都不会腻。

"也有勇者去找过你吗?"魔王添了一壶新茶,问恶龙。

"有啊,可把我吓死了,我胆子特小,"恶龙小口抿着茶,喏喏地回答,"动不动就咣咣砸我家门,谁受得了啊,邻居都有意见了……可是我能怎么办,我也很绝望啊!壮着胆子也就能应付一两个,来得多了的话……"

恰恰就在它们正聊着的时候,古堡外遥遥传来一片有节奏的声讨:"古堡倒闭了!古堡倒闭了!王八蛋魔王吃喝嫖赌欠下三点五个亿!乡亲们担惊受怕了大半年——"

恶龙吓哭了,它的内心剧烈波动,"嘭"的一声现出原形,从窗口探出脑袋,口中喷涌的黑色火焰烧秃了十里地。

讨伐的人瞬间跑得一个不剩,恶龙依然心有余悸,它惊魂未定地揉着胸口,抹了抹眼角的泪水:"我的天哪太吓人了……幸好他们自己散了不然可怎么办呀……"

"……"

魔王心态崩了。

12

相处了一段日子，它们已经成为无话不说的好友。白天睡觉，晚上有时候去城镇上吓唬不睡觉的小朋友和熬夜的青少年，有时候懒得出门，就在家读书画画，魔王有一柜子的藏书可以随意翻阅，恶龙想要回报它，就喷点火帮它烤肉当夜宵吃。

下雨的夜里，它们俩舒舒服服地窝在阁楼上听雨，恶龙在读小说，魔王在写东西，一只手撑着额头，另一只手捏着白色的羽毛笔，时而在玻璃墨水瓶里蘸蘸，手指修长匀称，神情投入而认真。

恶龙探头探脑地问它："你在干什么呀？"

"写信。"

"有人寄信给你？"

"嗯，我有一个匿名信箱，世界上千千万万的人都向我倾诉他们的烦恼和困惑，我比他们活的时间漫长得多，懂得的道理也多，能够利用我现有的知识储备尽力为他们答疑解惑，也算给自己解解闷儿。"

"他们不知道你是魔王吗？"

"不知道，他们也不必知道。"魔王说，"他们都叫我树洞。"

"哇好帅啊，"恶龙趴在魔王袖子上甩了甩尾巴，"你人超好的！"

魔王笑眯眯地摸摸它的脑袋，撕开一封新的信。

开头一行斗大的字——"洞主你好。"

魔王微蹙着眉头，略一思忖，挥洒自如地写下：

"谢邀。"

13

恶龙跟魔王学会了写信，写了满满一页羊皮纸，折叠规整，还在信封上烫了漂亮的火漆，给公主寄了过去。

信里问候了公主和王子，提到了自己的近况，以及和魔王的轻松日常，结尾处感谢公主为它介绍了这样好的一位挚友，但愿未来也不再孤单。

我靠。公主流下了亲妈粉的热泪，在故事的最后写上一句：

从此它们幸福地生活在了一起。

◇ END ◇

被诅咒的恶龙

文/ 尘嚣

恶龙漫不经心地剔着牙，嘴角吐出一个饱嗝。

这是三个月来死在恶龙嘴里的第九十九个王子。靠着囚禁美丽的公主，各地王子前仆后继地倒在恶龙的洞穴中。

王子们从小锦衣玉食，又经过格斗锤炼，肉分外的香，不是那些粗鄙野兽能比得了的。

但刚刚王子喊的那一句"邪恶的巨龙，我会是你见到的最后一个王子！"一直回荡在恶龙的脑子里，烦得脑仁儿疼。

恶龙很怕这会是最后一个王子，毕竟王子的产量没有自己的食量大。

恶龙更怕他们知道公主的现状。

公主刚被抓来的时候还像普通人一样惶恐，在镣铐中挣扎得伤痕累累。但她很快就发现恶龙没有杀害她的意图，还不断奉上鲜美的水果、外焦里嫩的烤肉。而她要做的除了吃，就是睡。

公主从来没有过这样的好日子。

在城堡里，每天光练习宫廷站姿就要三个小时，顾不上舒缓腿脚的酸痛又立刻要赶去学习骑马、招待贵族。

公主只想躺着，什么都不干。

公主觉得这才是公主该过的生活。

公主不想回去了。

恶龙有些慌，公主已经一百四十斤了。

恶龙每隔几天就会带公主去一趟城堡上空，公主会配合地大喊"救命"，引诱更多王子来解救她。

恶龙和公主一直合作得很好。

但恶龙最近好像听到下面的人窃窃私语——

"是我眼睛花了吗，怎么好像公主比上次来胖了一点儿？"

"不可能，公主一定是被打肿了。"

恶龙徘徊在高处，它害怕人们不再想营救公主。

国王向恶龙恳求："巨龙，请求你放过我的女儿吧，你可以拿走金子、钻石……任何你想要的东西。"

恶龙的鼻子里喷出滚滚浓烟："不！想要救公主，就要王子来营救她。王子打败我，你们就能救回公主！"

"可是周围的王子都已经死光了。"

"那你们加油生王子吧。"

"你不能再吃了。"恶龙思考良久，还是开口劝道。

"什么？"公主嘴里正塞着一大块野猪肉，不得不说，恶龙每次烤肉都烤得恰到好处。

金黄色猪皮上流淌着一层晶莹剔透的油脂，在阳光下反射出七彩的光，酥脆的表皮在齿间迸裂，猪腿肉细嫩而有嚼劲，让人唇齿留香。

这些跑山猪比家里的烤乳猪好吃太多。

"你再胖下去,就没有王子来了,只有拯救美丽的公主才能被写入史册。"

"我不管我就要吃我就要吃!"公主开始撒泼。

"你再吃,我就吃掉你!"

"你要吃掉我?"公主一跺脚站起来,"我给你引来那么多王子,你敢吃掉我?我要去告诉全世界你背信弃义,我要让你在恶龙界混不下去!"

公主在洞穴里气急败坏地大喊大叫,恶龙脑仁儿又疼了。

"好好好,那我送你回去吧。反正周围的王子都被吃光了,我得去更远的地方了。"

"我不我不我不,我就要待在这!"

恶龙有些为难,但还是不顾公主的反抗,把她扔回了城堡里。

这次公主喊的"救命"明显真实多了。

还没过两天,公主竟然又回到了洞穴,一屁股坐在地上号啕大哭。

"你怎么回来了?"恶龙非常诧异。

"他们……他们不要我了……他们……他们嫌我……胖。"

"说得没错啊。"

公主遏制住抽泣,恶狠狠地盯着恶龙:"是你把我变成这样的,你要对我负责!"

"我……"

"对我负责对我负责对我负责对我负责对我负责!"

"好好好好好好。"

在恶龙的督促下,公主开始自己的减肥大计。

第一天，公主还没出洞穴口就停下来。

"哎呀真累，今天就跑到这里吧。"

"……你还想回去吗？"

公主从来没有吃过这样的苦，过不多时，便瘫倒在树旁。

"我以后再也不抱怨宫廷站姿累了，我跑不动了，真的跑不动了。"

"你再不起来我就往你屁股上喷火，我的烤肉技术你是知道的。"

"别说了，我跑，我跑。"

恶龙一声冷笑："怕了吧？"

"不是，饿了。"

在恶龙的威逼利诱下，公主的体重终于减下来，还练出一身健美的肌肉，现在丛林里面的野兽都跑不过她。

"恭喜你，公主，你可以回家了。"

"不，谢谢你，恶龙，多亏你我才能找回我美丽的容颜。我应该报答你，有什么我能做的吗？"

恶龙犹豫了一下："其实我本来是一个英俊的王子，在森林里迷路，被邪恶的巫婆诅咒变成恶龙，只有吃一百个王子才能拯救自己，但是周围的王子都被吃光了。"

"那还有别的办法吗？"

"还有一个办法，需要你前往遥远的传说之岛，杀死凶猛的独眼巨人，爬上通天高塔，从塔顶的鸟身人巢穴里取出一根金树枝，在我头顶挥舞三下就能救我。"

"大恩大德来世再报。"

"……"

"等等！"恶龙叫住公主，"还有一个办法，听说公主的吻可以拯救我。"

公主温柔地抚摸恶龙的头:"我知道你其实是一个善良的人,看着我的眼睛,你真的是英俊的王子吗?"

公主目光中满是真诚,恶龙很感动,泪水在眼眶里打转。

"是的,我真的是。"

"真的,很英俊吗?"

"……"

公主轻轻落下一吻,眼前一道圣洁的白光。

恶龙被拯救了。

公主变成一条母龙。

他们从此过上幸福的生活。

◇ END ◇

王后在下一盘
很大的棋

文/ 一本小簿

"我要找到我命中注定的那头恶龙。"
"我在等待,我命中注定的那位公主。"

1

"故事的最后,王子打败了恶龙,和公主过上了幸福的生活。好了,Adelina,今天的睡前故事讲完了,你愿意乖乖睡觉了吗?"王后温柔地为公主盖好天鹅绒被。

小公主:"为什么王子和公主的童话故事里,总会有一条恶龙?"

小公主:"每一位公主都会遇到恶龙吗?"

小公主:"我会遇到我命中注定的恶龙吗?"

小公主:"您小时候有遇到过恶龙吗?"

王后:"这是个秘密。"

王后笑着关了灯,带着仆从们迅速离去。

……

2

小公主慢慢长大。

在15岁生日那天,她许了一个愿望。

"命运之神,我祈求您,赐给我一条恶龙吧,我发誓我不会因它雄伟尊贵的面容而露出恐惧的表情让它难过!我发誓我不会因它凶猛悠长的龙吟而瑟瑟发抖……求求您了,命运之神,让我在16岁生日来临前,与我命中注定的那头恶龙相遇,我保证不会伤害它。"

然而,命运之神并没有听到公主的祈祷。

公主安然无恙的,迎来了她人生中第16个生日宴会。

……

公主:"父王。"

国王:"我有种不好的预感。"

公主:"您几乎每天都会对我说这句话。"

国王:"而这句话几乎每一天都会实现。"

公主:"我想去找我命中注定的那头恶龙。"

国王:"你看,这不就来了?"

国王并不同意公主这个疯狂的计划。

然而王后站了出来。

她不仅支持公主的计划,并且还给了她一个建议。

——"你可以往西南方向走,听说那里有一头美丽的恶龙。"

……

3

公主带着王后给她的 100 名精锐士兵出发了。

她越过高山和大海,翻过丘陵和荒野。

她向她遇见的每一个人打听着恶龙的传说。

有的士兵劝她放弃,有的士兵中途逃离。

公主并不在意,她一心只想找到她命中注定的恶龙。

……

她终于打听到了恶龙的踪迹。

——"西南方的那片沙漠里住着恶龙!很久以前,那条可怕丑陋的恶龙几乎每一年都飞出来,去临近的王国里抓一位公主。"

公主忍不住问道:"那些被恶龙抓走的公主后来怎么样了?被王子救走了吗?王子有伤害那条恶龙吗?"

——"并没有,也许是命运之神警告了恶龙,恶龙会将自己抓到的那几位尊贵的公主送回家,不过最近几年那头该死的恶龙都未再出现,也许是被神明杀死了吧,感谢命运之神。"

公主有些难过,但她没有立场站出来为恶龙正名,即使她觉得那头素未谋面的恶龙善良温柔得不可思议!

公主带着侍卫踏上了那片无边无垠、人迹罕至的沙漠。

……

4

恶龙："这就是我把你从沙漠里捡回来前，你的故事？"

公主："是的，恶龙女士。"

恶龙："好吧，那你现在见到我了，你想做什么？"

公主："你能给国王寄一封信，告诉他我在你这儿吗？"

恶龙："然后国王的宝库里就会多一件收藏品，而那件收藏品的名字就叫做'恶龙的头颅'。"

公主："不会的，我会在信里告诉他，你是一条好龙，你救了我。"

公主："然后顺便告诉他，等我玩够了，善良的龙女士就会将我送回家，这样写可以吗？"

恶龙："我有种不好的预感。"

……

5

公主："你活了多久？"

恶龙："擅自问一位女士的年龄，这很不礼貌……"

公主："对不起。你有很多宝藏对吗？"

恶龙："这个问题好像也没礼貌到哪里去……"

公主："对不起。那你能给我讲讲你的传奇故事吗？"

恶龙："你多大了？还需要听故事才肯入睡？"

公主："擅自问一位女士的年龄，这很不礼貌，恶龙女士。"

恶龙："……"

……

公主："你喜欢吃什么？公主还是王子？"

恶龙："如果我没记错，我救了你而不是吃了你，对吗？"

公主："噢噢是的，那你喜欢吃王子吗？"

恶龙："没吃过。"

公主："王子好吃吗？"

恶龙："我没吃过。"

公主："那你为什么不尝尝呢？"

恶龙："……"

……

公主："你的鳞片可真坚硬。"

恶龙："谢谢……你的头发也很漂亮。"

公主："你会喷火吗？"

恶龙："也许。"

公主："你自己喷的火能伤到你自己的鳞片吗？"

恶龙："我没试过。"

恶龙："并且不打算尝试。"

恶龙："永远也不。"

公主："……好吧。"

……

公主："你有朋友吗？"

恶龙："没有。"

公主："那我可以当你的朋友吗？"

恶龙："……可以。"

公主："那你愿意给你的朋友讲讲你的传奇故事吗？"

恶龙："……"

……

公主："你真的抓过很多公主吗？那些公主怎么样？"

恶龙："我发誓，你是最让我难忘的那一个。"

公主："恶龙女士，你说起话来可真浪漫。"

恶龙："你听人说话从来只听字面意思对吗？"

公主："当然不。"

公主："比如刚才，我就听出了你对我委婉的赞美。"

公主："不是吗？"

恶龙："……"

……

公主："在遇到我之前你每天都会做什么？"

恶龙："思考。"

公主："噢。"

恶龙："……你为什么不问问我在思考些什么？"

公主："你不会告诉我的。"

恶龙："……是的。"

公主："那不就结了？"

恶龙："……"

……

公主："你的家在哪里？就是这个山洞吗？"

恶龙："不是，我的家不在这里。"

公主："那你的家在哪儿？"

恶龙："……"

公主："你的眼睛看上去很难过，你要哭了吗？"

恶龙："……"

公主："我很抱歉……对不起，我不该惹你难过。"

公主："我可以抱抱你吗？"

公主："听说这样能让人不那么难过。"

……

公主："你抓过多少个公主？"

恶龙："8个。"

公主："包括我吗？"

恶龙："不……你并不是我抓来的，实际上，是你'抓住了'我。"

公主："你为什么不来抓我？如果你能早点来抓我，我就不用跑这么远来找你了。"

恶龙："我是不是该说对不起？"

公主："当然！"

……

公主："你为什么要抓那些公主？是因为她们要和王子结婚吗？"

恶龙："你童话故事看得太多了。"

公主："谢谢。"

恶龙："我没有夸奖你！"

公主："噢……好吧……"

恶龙："……能和你聊天很愉快。"

公主："这是夸奖吗？"

恶龙："……是的。"

公主："谢谢！"

恶龙："……"

……

公主："你还没有回答我，你为什么要抓那些公主？"

恶龙："很抱歉，命运让我无法回答你这个问题。"

公主："那你愿意告诉我那些公主最后去哪儿了吗？"

恶龙："她们逃走了。"

公主："是你凶她们了吗？"

恶龙："没有，我每天都给她们讲小故事。"

公主："你都没有给我讲过小故事，这不公平！那你有给她们烤小羊排吃吗？就像你现在烤给我的这种？"

恶龙："是的……不过，给你烤的会更好吃一点。"

恶龙用巨大的龙爪小心翼翼地旋转着插在木棍上的小羊羔，那小羊羔甚至还没有恶龙的指甲盖大。

公主："你别难过，可能是她们太想家了。"

恶龙："事实上，我每天都会带着她们飞回她们的城堡呆上几小时。"

公主："天啊，你可真贴心。那她们为什么还要离开你？这太不可思议了！"

恶龙轻声说道："你才是真正的不可思议。"

……

6

公主与她的恶龙在山洞里度过了一个春，又一个夏。

恶龙："你想去看看天空吗？"

公主："可以吗？！我是说，你愿意让我骑在你背上，一起去触碰云朵什么的？！"

公主的瞳仁因兴奋与期待而闪闪发亮，那表情让恶龙有那么一丝心酸。

恶龙小声说道："其实你如果想出去，可以早点跟我说的……"

公主抱了抱恶龙的脑袋："可是我怕你会以为我是想回家了，我害怕你会因此而难过，我不想你难过，我15岁那年发过誓的……"

恶龙轻柔地用脑袋蹭了蹭公主，这个举动让公主踉跄着后退了一下，就在恶龙为自己的粗鲁而懊恼愧疚时，那位差点摔倒的公主竟笑了起来。

恶龙静静地看着公主不发一言，她耐心地等公主笑完后，才温柔地放下翅膀，让那人走到自己的背脊上。

公主："我们能去看看日出日落吗？山川湖泊与丘陵？云朵？彩虹？"

公主已然有些语无伦次，身下的恶龙轻柔地喷了下鼻息，答道："只要你想。"

恶龙展开翅膀，带着她的公主，缓缓飞入天空。

它从未飞得如此慢。

但它也从未飞得如此喜悦。

……

山河流光，皆在脚下。

公主在风中喊道："这简直是奇迹！你知道吗？恶龙女士！你真是我的奇迹！"

恶龙没有说话，她只是继续缓慢地翱翔，盘旋在天空中……

在你身处于极大的幸福之中时，你是无法用语言去倾诉那种美妙的感觉的，你只会一遍又一遍地回味这一刻的心情，然后将它藏在心底，劝自己牢牢记住！

恶龙载着公主飞过了沙漠与绿洲，地平线的尽头出现了一个城镇。

恶龙犹豫了片刻，还是说道："你想去看看吗？"

去看看你真正的同类，和人间的热闹。

公主已经有半年没有见过其他人类了，她在风中大声答道："好！谢谢你，恶龙女士！"

然而，就像恶龙对公主说的那样——"你才是真正的不可思议。"

并不是所有的公主都能像这位公主这般，拥有如此奇特的审美与追求。

城门被紧急关闭了起来，人们逃回了自己的屋子里躲了起来，卫兵们拿着弩箭站在了城楼上，城墙上的连弩车也对准了空中的恶龙与公主。

——"恶龙！滚出去！"

——"天啊，她的身上还有一位的姑娘，又是它抓来的公主吗！"

——"杀了那条恶龙！"

——"丑陋邪恶的龙！快，将它射下来！"

人们的恐惧与憎恶并没未像以前那样让恶龙难过，她只是沉默地带着属于她的公主飞离了那座城镇……

公主:"你别难过……"

恶龙愣了愣,公主的话让她差点忘了扇动翅膀。

脊背上的公主轻柔地摸了摸恶龙的鳞片:"人们总是对他们不了解的事物怀有偏见,他们只是不知道你的好才会那样对你。"

风中响起恶龙的笑声。

公主:"虽然现在只有我知道你的好,但……"

恶龙截住了公主的话:"这就够了。"

公主在恶龙看不到的地方偷偷地露出个灿烂的笑,然而她满含笑意的声音暴露了一切:"……我们能一起去等待今天的日落吗?"

恶龙:"好。"

……

在太阳快要落下的那一刻,在那被夕阳染红了的云霞之下,渺小的公主仰着脑袋对身旁巨大的恶龙说道:"我觉得我们真是世界上最般配的恶龙与公主,比童话故事里的王子与公主还要般配。"

恶龙点了点脑袋:"没错。"

……

7

公主:"再过一个星期,就是我的 17 岁生日了。"

恶龙:"我送你回家吧,国王和王后一定在等你。"

公主:"你愿意和我一起回家吗?"

恶龙:"我说过,我无法长时间离开这个山洞……"

公主:"为什么?"

恶龙："抱歉，命运让我无法回答你这个问题。"

公主："我要开始讨厌命运了。"

恶龙："我以前也讨厌命运，但最近有点喜欢了。"

公主："为什么？"

恶龙："你开口说话后，说的第一个单词一定是'why'，对吗？"

公主："不。"

恶龙："那是什么？"

公主："Dragon。"

……

8

恶龙："国王与王后在等你。"

公主："……"

恶龙："我送你回家吧，谢谢你愿意陪我这么久。"

公主："那你呢？"

恶龙："我还需要等一个人。"

公主："等什么人？"

恶龙沉默了许久，它凝视着眼前的公主，柔声道："等一个愿意陪我看三万六千五百次日出与日落的人吧。"那声音里带着它自己都未察觉的期待与渴望。

公主站了起来，她跑到恶龙那巨大的头颅前面，焦急地说道："那你已经等到了！因为我愿意！我愿意陪你看三万六千五百次日出与日落，我们可以像我父王与母后那样，我牵着你的翅膀，在草坪上散散步、吃吃小饼干、说说幼稚笑话逗彼此开心什么的……我有许多许多话想要跟你说,我想每天都见到你……我想永远和你在一起!"

恶龙看着眼前渺小的、正仰着头满脸认真的望着她的公主,可怕的竖瞳缓缓放大,眨了眨,竟落下一滴晶莹的泪珠。

泪珠砸向地面,如烟花般绽放,溅起丝丝尘土,恶龙的身上散发出刺眼的光芒……

光芒散去,恶龙消失了。

出现在眼前的,是一位美丽的小姐。

……

9

公主:"什么?!你是说你被恶龙诅咒了?然后它把你变成了恶龙,它自己变成了公主,然后跑去和王子幸福地生活在一起了?!"

valikyria:"是的。"

公主:"噢不!童话故事欺骗了我!我讨厌恶龙!"

公主:"valikyria,我不是讨厌你,我只是讨厌恶龙,它很过分。"

公主:"它不应该那样对你!"

Valikyria:"我明白。"

公主:"那……valikyria,你还记得你的家在哪儿吗?如果不记得也没关系,我是说,你愿意跟我一起回家吗?就像先前说的那样,一起看看三万六千五百次日出与日落什么的,当然了,如果你要回家,我……"

Valikyria:"我愿意跟你一起回家。"

公主笑容灿烂,她牵起了恶龙小姐的手,不愿再松开。

……

10

当公主带着她的恶龙公主回到自己的王城时,已经是两个月后的事情了。

国王:"你错过了自己17岁的生日宴会。"

王后:"我们还为你准备了你最爱吃的草莓蛋糕。"

公主:"对不起,不过,我得到了这辈子最棒的生日礼物。"

王后:"是什么?"

公主将身后的valikyria温柔地牵到国王与王后面前。

公主:"她就是我17岁最好的礼物。"

……

番外

Valikyria在公主的城堡里住了下来。

某一天,王后躺在花园的躺椅上,晒着小太阳,吃着小饼干。

Valikyria走了过来,阴影洒在了王后的脸上。

Valikyria看着王后,王后看着天空。

Valikyria:"我们是不是在哪儿见过?"

王后:"都过去这么久了你肯定是认错龙了。"

王后:"我是说,没见过。"

王后:"你这个搭讪技巧很烂。"

王后:"你再看着我我要叫 Adelina 了!"

Valikyria:"……"

◇ END ◇

- He belongs in the fairy tale -

他属于童话

巨龙撩妹指南

♥ 文/ 猴三棍

1

　　冷酷仙境尽头的国度里住着一位美丽的公主,最近她很开心,因为她就要和自己暗恋十几年的邻国王子结婚了。

　　这天,公主正在湖边哼着小曲洗头发,忽然之间天昏地暗,一条巨龙穿过飘渺的白雾来到她的面前。

　　公主表示没有见过龙:"您……哪位?"

　　龙直接跳过自我介绍:"你刚才在唱啥?"

　　"re sou sou xi dou xi la……"

　　"sou la xi xi xi xi la xi la sou……"

　　公主顾不上滴水的头发,激动地鼓掌:"接得好! 666!"

　　"好个屁!这是召唤龙之歌。"

　　还没等公主缓过神,巨龙就抓住了公主,展开长满鳞片的翅膀,越过山川湖泊,来到了荒无人烟的冷酷仙境。

　　巨龙松开爪子,公主在地上打了一个滚坐起来:"你是谁?这是哪儿？"

"我家。"

"你绑架我？！"公主惊恐地捂住胸口。

巨龙摆爪："不不，我请你来是想让你教我做人。"

公主一听"请"字，立马翘起二郎腿，摆出女主人的姿态："当龙当得好好的，怎么想起来做人了？"

"因为我妈是人。"

"那你找你妈啊。"

"我妈炸了。"

"啊？"公主放下二郎腿，心虚又内疚，"我教你做人。不过你答应我，事成之后，立刻送我回家，好不好？"

"好说，好说。"

真是条温柔又愚蠢的龙呢，公主心想。

2

公主掀起裙摆和裤脚，露出白皙的大腿，抱住粗壮的藤蔓，脚一蹬就爬上了大树。

龙从密不透风的叶子里探出头："你干吗？"

"哥们儿，吃人肉吗？"

"偶尔吃，不过有狐臭的不吃。"

公主坐在枝桠上，伸手够下脚边的一颗火龙果："人不吃人肉，所以我教你的第一件事就是食果、生火、吃熟肉。"

"什么是火？什么是熟肉？"

公主踮起脚跳下树枝，顺着龙的尾巴滑到地面上，拍拍身上的泥土，振奋地张开双臂："火是红色的花！湖里的鱼放到花上，就会变成全世界最好吃的鲜肉！"

龙衔下一朵花，卡到公主耳边上："人肉在花旁，花也没人香。"

"简单点，撩妹的方式简单点。"公主微笑。

夜深了，公主躺在龙的胳肢窝里用龙鳞刻木头。

"这又是啥？"傻龙问。

公主指着木头上的年轮："天地玄黄，宇宙洪荒，寒来暑往，秋收冬藏。我们人日出而作，日落而息，我现在教你认时间，是想告诉你，分秒不停，我们一直在向前走。"

"走到哪里才是个头儿？"

"走到我们死。"公主说，"人都会死，这就是人的时间，无论人多么美丽富有，总有一天，死亡会把我们分开。"

龙翻掌打掉木板："龙族永生，直到死亡把我们分开。"

公主翻了一个白眼："你还想不想做人啊。"

龙打了一个哈欠："今天不想。"

3

一天夜里，公主突然号啕大哭，公主的眼泪打湿了龙的脚趾甲，龙醒过来看到伤心哭泣的公主，顿时手足无措："你是不是想家了？"

公主摇头："都过了这么久，王子还不来找我，他不爱我。"

"那就留下来跟我一起生活啊。"

"不。"公主吸了吸鼻子，"我要回去，跟他结婚。"

"可是你说了,他不爱你。"龙皱着眉头。

"你知道什么是爱?"

龙被公主的反问噎住,低头默不作声。

"爱是全世界最美好的事。"公主擦干眼泪,"我一心一意,只爱他一个,两情不相悦又怎样,我偏偏要勉强。"

龙的声音很小:"真蠢。"

"爱哪有蠢不蠢,只有愿意不愿意。受伤就受伤吧!就像飞蛾,明知道受伤还会扑到火上!我很甘心的!就算这些年的一厢情愿都是错付,只怕这样的时候,以后就不会再有了!"公主破涕为笑。

4

公主大婚那天,人间沸腾的爆竹被积雨的云层压到天边的冷酷仙境,龙已经没有翅膀了,他弯下腰,捡起爆竹灰使劲嗅了嗅,好像又闻到了公主身上的奶香。

"你告诉我爱有多好以后,我就当不了龙了。可是你却用离开告诉我,这才叫人生。"

龙跪在地上,泣不成声。

◇ END ◇

白雪公主Online

♥ 文/ 朱奕璇

龙历17年5月1日

我开始记日记了，妈妈说，一只不爱记日记的龙不是一只好龙。

尽管我提醒她我不过是只NPC龙，然而妈妈还是很严肃："NPC也要有NPC的节操！"

嗯，我是一只龙，是《白雪公主online》里的一个NPC，成年，雄性，单身。所以明天我要去抢来一个公主。

别问我为什么因为单身就要抢公主，我也不知道。只是妈妈说，雄龙一直都这样被人类傻傻地设定为：热爱金子和公主。

金子很美，耀眼的辉光总是让我头晕目眩。啊，我亲爱的金子啊，你就是我此生最……第二爱的神祇，第一爱是妈妈。手动比心。

可是公主，她毕竟不是只可爱的小母龙，并不符合龙的审美观。更何况，抢来了还要多花一个人的饭钱。

可妈妈很严肃地坚持："你必须去。要知道，这个游戏可靠着'恶龙抢公主'、'勇士斗恶龙'这两个环节吃饭呢。"

嗯，我要去抢个公主，为了游戏的开发者，和我与妈妈的饭钱。

妈妈说，那是个极美的人类，她的皮肤像雪一样白，嘴唇像血一样红，头发像乌木框一样黑。

龙历17年5月2日

我抢来了公主。

但果然传闻不可尽信。她并没有那么美，而且一点儿都不如大家口耳相传的那样温柔，反而脾气像个炸药桶，一点就爆。

她还带了一面镜子来到龙堡——那是我叼着她飞离宫殿时，她死命抱住的玩意儿，也许可以理解为嫁妆？

她动不动就和镜子促膝长谈，每天早上还要坚持问镜子："魔镜魔镜，谁是这世上最美的女人？"

魔镜是个实心眼儿，或者说，缺心眼儿，一如既往地吐出四个字："白雪公主。"

这句话一落地，整个龙堡就会被公主释放的低气压冻成冰窟。

某天我着实忍受不住，偷偷躲在了魔镜的后边，施展魔法堵住了魔镜的嘴，替它回答了那个问题："你。"

然而，一切超乎我的预料，公主很快发现了是我施展的小伎俩，她怒气冲冲地跑到镜子后面，指头狠狠戳在我的眉骨上："你这头蠢龙！不要乱动我的镜子！"

我有点傻呆呆地站在那儿，再次感慨：传闻不可信！是谁说的，宫殿里的公主是百年难得一遇的缺心眼儿兼傻白甜。

龙历17年5月10日

我是只龙，一只被游戏管理员揍成猪头的龙。

嗯，不过王后的魔镜告诉我，我依然是世界上最帅的龙——我估计是它的程序编码里没有输入龙的审美观。

没错，那是王后的魔镜，而非公主的。为此，我被劈头盖脸地揍成了猪头，还被骂得狗血淋头。

妈妈曾说我脑子里缺根筋。今天，游戏管理员大人怒然反驳，说我不是脑子里缺根筋，而是根本没脑子，去抢个公主，还能把王后给抢来。

我喏喏地低头认错，一脸浪子回头痛改前非的模样，可惜天生一张龙脸，看不出表情有多痛切——唉，早让妈妈给我充值智商，非要心疼那两个钱……心塞。

"你知道给我们造成了多大影响吗？！"管理员痛心疾首，大声呵斥，"白雪公主已经跟猎人好上了，两人准备跳槽到隔壁游戏《森林公主online》去，还要顺便度个蜜月！"

我听得心惊肉跳，一愣一愣："那王子呢？"

管理员没好气地瞥我一眼："去森林里和七个小矮人联络感情了。"

一直在一旁嗑瓜子听戏的王后终于忍无可忍："王子？配七个小矮人？是可忍孰不可忍！CP可逆不可拆！"

管理员凉凉道："小矮人里头其实有个女生。"

"哦有个女孩啊怪不得——"王后猛地一拍桌子，"不，这不是重点！"她断然道，"有什么补救的方法吗？"

管理员一推眼镜，镜片上一道雪亮的光芒闪过，他举起一根手指头："有一个。"他慢条斯理地道，"把白雪公主和七个小矮人配在一起。"

我："……"

王后："……"

"那王子呢?"我颤巍巍地问。

"让他跟猎人跑到隔壁吧。白眼狼不能留啊。"管理员十分宽容大度,"编码修改一下,猎人就是个成熟御姐了,一准儿符合王子那个色货的口味。"

您的好友【CP观】已下线。

龙历17年5月11日

一大早,我便被妈妈和王后提溜着耳朵拽出了被窝,扔进了城堡外一月的瑟瑟寒风里头,扑闪着翅膀往森林前进。

按照正常的时间线,现在的白雪公主应该是在七个小矮人的屋子里呼呼大睡……不,美人睡。按照崩坏的时间线……我希望白雪公主不要正在热辣奔放地和猎人滚床单——

根据从王后那得来的一手消息,白雪公主就是个疯丫头,在城堡里被关得太久,内分泌有点失调,一旦出了城堡,那个奔放劲儿……大概就没人挡得住了。

一想到可能迎来的后果,我打了个哆嗦,心里念着管理员的名字祈祷,冷不丁打了一个喷嚏,我揉揉鼻子嘟囔:"谁想我呢?"一想二骂三感冒,百试百灵。

话音刚落,我敏锐的耳朵捕捉到风被撕裂的声响,随即,两只翅膀齐齐疼得钻心。我痛叫一声,振动双翼,两支带血的箭矢被狠狠甩掉。

我低头一看,恰好看到一对璧人站在一起,青年一身猎户装英气勃勃,女子一身蓬蓬长裙,肤如白雪,唇似涂朱。

哎?白雪公主?

我一怔,想看得更仔细一些,便注意到猎人再次弯弓搭箭,瞄准了我的尾巴。

是可忍孰不可忍！小爷的尾巴可只有心爱之人才能碰——诶，不对，这好像是兔子精家族的规定。

我正愣神间，一支带血的箭从眼前滑过。

我只觉大脑一片空白，眼前眩晕，再也没法控制身体，狠狠地从半空坠落。

猎人站在地上很是茫然："我还没射中它呢……"

"哈尼，你还好吗？"白雪公主急切地扑上去，为他包扎流血的手指，"怎么会被箭矢刮伤手指呢……"

最后一刻还被喂一口狗粮。

我痛切又无奈地闭上眼睛。

龙历17年5月12日

我，作为一只纯种龙，作为《白雪公主online》里唯一的龙BOSS，居！然！晕！血！我的程序码难道是体育老师给编写的吗？管理员你出来我们谈谈！

悠悠醒转后，我感到我的脑子里有无数只×泥马奔腾呼啸而过，忍不住面露凶光。

"龙，你终于醒了。"身侧传来一个凉凉的声音。

我抬头一看，是王后和管理员，两人正和睦地凑在一起打牌，染了汤汁的碗碟散落一旁，汽水喝了一半，玻璃瓶闪瞎了我的眼——敢情在我卖命挽救这个世界的时候，你们来野餐了吗？！

王后颐指气使地抬抬下巴："去，把碗洗了。"

"嗯？"我面露凶光。

王后淡淡一瞥："怎么？有意见？"

"没，就是脚有点麻，我先缓缓。"我干干一笑。大丈夫能屈能伸，这点儿眼前小亏就吃不了将来怎么征服整个 NPC 世界？

管理员若有所思地摸下巴一笑："当初开发游戏时熬夜编码，头疼眼花，本想给国王输一道'妻管严'码，最后出来的结果，却是国王成了个虐妻好手……一直很好奇妻管严编码去哪儿了，原来到你身上了。"

我有点懵："嗯？什么情况？"

"呆瓜！"王后恨恨地骂了我一句，冰玉似的脸颊微微泛红，"我……我看上你了。"她扭过头，"不然，你以为我为何好端端地跑到这森林里来野餐啊……你以为，为何你劫我走时，我一点儿也不反抗啊……"

……

我向真神发誓，刚刚，我经历了一场声势浩大的大脑断片。

反正当我反应过来时，整个世界的画风都在风中凌乱。

王后扑在我的胸口，哭得梨花带雨："即使你不愿意也不必被吓死吧……你不能嫌弃我啊……你可是我的初恋啊……"

我一口气没上来卡在胸口："你……初恋？那国王算什么？"

王后一愣，委委屈屈："我就是去给他讲故事啊……"

管理员好心解释："国王去隔壁《一千零一夜 online》参观学习之后，回来就举办讲故事大会大选妃子，王后夺得冠军，从此获得夜夜为国王讲睡前故事的特权……"

坑！大坑！而且这个设定何止是个坑，根本就是个盆地吧！

您的好友【世界观】已下线。

"别忙着秀恩爱。"单身狗管理员怒刷一波存在感，凉凉道，"有些事儿还是要做的。"他指指角落。

我才发觉，那里躺着一对沉睡的男女。

是白雪公主和猎人。

"在猎人十八岁生日那天，我派了个仙子去给他施了魔法。"管理员解释道，"如果他拐走了公主，他便会被自己的箭矢割破手指，然后陷入沉睡，只有真爱之吻才能拯救他……"

我风中凌乱："这又是哪部乱入的童话？白雪公主呢？"

"喏，看看她头发上的梳子。"王后努努嘴，"我的杰作。"

"龙，接下来，就要看你的了。"管理员殷切地看着我。

"嗯？"我一愣，"干吗？让我和白雪公主【哔——】吗？"

这下，不单单是王后，就连管理员看我的眼神，都有点儿不对劲儿了。

龙历 17 年 5 月 13 日

我是龙。一只莫名跟一个人类女子在一起而脱单的龙。

我表示，我真的对这赶鸭子上架的一切一脸蒙圈，王后信誓旦旦地跟我担保："我一定会让你爱上我的！"她顺便咬牙切齿地补充，"我一定会比白雪公主更好的！"

我干笑，弱弱道："你还是忘了昨天那句话吧……"

昨天，管理员解释了缘由之后，便令我载着王后和白雪公主前往森林深处，去寻找七个小矮人的小木屋，并将白雪公主安置在门前，巧妙地安排一场戏。

剩下的，就是英雄救美一见钟情，再往后，便是干柴烈火顺其自然了，生米煮成熟饭，该成的不该成的就都成了。

管理员说得太过顺溜，反倒让我听得心里有些发毛——真会这么顺顺利利的？

王后恨铁不成钢地一拍我的头："笨！要真那么顺顺利利，管理员还用带上我吗？这么简单的活儿只派你这个二货去就成了。"

我深有同感地点点头，随后又觉出丝不对劲儿来："……王后，说好的让我爱上你呢？这么一个劲儿地损我，真的好吗？"

王后一脸坦然："管理员跟我透漏说，给你编码的时候，顺便输进去了斯德哥尔摩综合症。"

我沉默——还能不能做个正儿八经的龙BOSS了！时不时地冒出个诡异编码来让人心里七上八下七零八落地很是难受啊好吗？

一路打情骂俏……不，插科打诨来到了七个小矮人的木屋前，我左看看右探探，确定没有人看到我，然后轻手轻脚地将白雪公主放在了地上。

一只软软的手戳了戳我的尾巴尖儿："龙，你把什么东西放在我家门口？"

我一惊，回头一看，一个小萌娃正站在不远处看着我。金色的软软的头发、蔚蓝的大大的眼睛、小巧高挺的鼻子、淡红柔嫩的嘴唇，只有一米多高的小正太瞪着我，看起来十分没有威慑力，但很有杀伤力。

……我的龙的审美观怎么了？管理员你出来我们谈谈，你又给我改了什么编码了？

话说这真是小矮人？一把一把的雪白大胡子去哪了？皱皱巴巴的皮肤去哪儿了？这个小正太是怎么回事？

我似乎能够理解王子了。

"远来即是客，进来坐坐吗？"小正太纯良一笑。

背上坐着的王后冷哼一声："你家房子太小，他进不去。"

这浓浓的醋意。我刚想笑，她手上一个用力，拧住我的耳朵并三百六十度旋转。

我抬爪掩住疼得龇牙咧嘴的脸，努力维持我在小正太面前光辉伟岸的龙 BOSS 形象："不了，你记得好好照顾这个女孩儿。"

说完，我拍拍两翼，腾空直上云霄，确保离地够远，我任由自己一脸苦相："老婆，能别拧耳朵了吗……疼……"

王后微微红了脸，冷哼一声："算你识相！"她满意地罢了手，半晌忽然狠狠一掌拍在我背上，沉声道，"坏了！忘了把王子从小矮人的屋子里提溜出来了！猎人还在森林里干等着呢！"

龙历 17 年 5 月 14 日

隔日，我们便再次偷偷摸摸地来到了小矮人的木屋前。王后嫌弃我身躯庞大笨手笨脚，于是我便施了法咒，化作人类模样。

哪知当我化成人形之后，她怔怔地看着我，连话都说不利索，脸上发烧。

我只觉得奇怪，最初是她拽着我往前走，现在成了我抱着她往前走。夜幕低垂，我俩在小矮人木屋外头偷偷听墙角。

无奈屋子隔音效果实在是太好，听了半晌模模糊糊，什么都没听到。

王后脸上的红晕渐渐褪去。

——王后的好友【智商君】上线。

冥冥中听到了这样一声系统通知，身边的王后陡然激动地一拍我的肩膀:"忘了!施咒不就得了!"

我拍拍脑袋——原来二真的是可以传染的。怪不得人家都说我们"越来越有夫妻相"呢。

我双手拉开一个半圆光晕,将一部分墙壁笼罩在光圈里,墙壁渐渐变得透明起来,透过它,能将里面的景象看个一清二楚。

一张木桌子,左侧坐着白雪公主,右侧坐着王子,中间坐着正太小矮人,两人一人一只手拽着小矮人的胳膊,都握得死紧。

王后有点儿丈二和尚摸不着头脑:"管理员不是说,王子看上了小矮人里头的一个女孩儿吗?他拽着小正太干吗?"

我也有些发蒙:"公主不是喜欢猎人吗?这么快就移情别恋了?"

我俩正面面相觑间,陡然听见白雪公主一声沉痛的咆哮:"王子!你真的该配眼镜了!又抓错人了!"

王子愣了。

公主继续怒吼:"这是我的小正太!不是你的小萝莉!"

我再度抓错了重点:"管理员不是说王子的口味是成熟御姐吗?小萝莉又是怎么一回事儿?"

身侧王后沉默不语,默默地从怀里掏出了一个艳红的苹果。

龙历17年5月15日 晨

王子误食了毒苹果之后倒在了水晶棺里。

被他苦苦纠缠了十余天的矮人萝莉妹子松了口气,一口浓浓东方某地口音地开口:"这瓜娃子总算走了,老娘已经将近半个月不敢去给外婆送吃的了……大灰狼都饿了。"

原来风中凌乱久了之后,人……哦不,龙是会免疫的。

我淡定地看着萝莉妹子戴上红色小帽子，挎着篮子开开心心地出了木屋，往森林深处走去。

小正太眼里含泪，一个劲儿地挥挥手，满是不舍："记得在那边和大灰狼好好过啊……"

白雪公主一把搂住小正太："你也要记得跟我好好过啊。"

小正太打了个抖，似乎有点欲哭无泪。

我在胸口悄悄画了个十字，看来两人还有很长的一段路要走。

随后，我便将水晶棺和王后一起背上了肩膀，扇动翅膀，扶摇上天。片刻功夫之后，便抵达了森林中心。

管理员百无聊赖地躺在树旁晒太阳，我瞅了两眼，面皮抖了抖，他居然……身上都长蘑菇了！

"要不要尝一个？"管理员见我瞅着他身上的蘑菇不放，难得大大方方地摘了一个，递给我。

我面皮再度抖三抖，往后撤了三尺远："不用了！"

管理员索然无味地撇撇嘴："王子带来了？"

"喏。"王后一把掀开水晶棺，露出里面的王子的面容。

他不安分地赖在水晶棺里，双腿纠缠在一起，胳膊紧紧抱住自己，四处动来动去。

王后由衷感慨："在半空中，他翻来覆去，覆来翻去，我一个没抱住，差点把他抖掉下去……"她惆怅地叹气，"这王子的睡姿真是不咋地。"

猎人站在一旁，听了这话，眼光微微闪动。

我注意到，原本身材平板的他，已然变成了凹凸有致的她，不由有些心疼他，叹息道："好端端一个七尺男儿，莫名其妙变成了个成熟御姐……猎人，你估计不大适应吧？"

猎人有些莫名其妙："我本来就是个女人呀。"

嗯？难道说管理员给他改编码的同时还顺便给他洗了个脑？

管理员却是一叹："王后……你们真是挖了一个好坑啊。"

龙历 17 年 5 月 15 日 午

"在最初给猎人编码时，一个码农因为喝了过期的速溶咖啡，导致夜间精力不足，将猎人编成了一个女孩儿，等他发现时，《白雪公主 online》已经正式运营，木已成舟无法更改。

"我们一众 CP 大多是那个码农给编的码，他与我们关系不错，因为不忍心见他被公司炒鱿鱼，于是设计了这个坑。诱导管理员主动将猎人的性别公认为女，那样，就不算出了错误了。"

王后拉着我的袖子，给我低声解释了一通。

我听得一愣一愣，只觉得忽然想到了什么，但又抓不住。

待猎人红着脸向王子走过去时，我陡然将前因后果猜了个清清楚楚——

"猎人、你、白雪公主，三个人是闺蜜吧？白雪公主一直喜欢小正太矮人，只是碍于正常的时间线，管理员不会放任她的感情放肆，同理，猎人也是。于是你们就想了这个招。"

"没错。"王后点头称是，"猎人小时候碰到过王子一次，王子那时与她一见钟情，但猎人公认的性别是男，于是两人并没有什么发展……王子之所以喜欢上那个矮人萝莉，就是因为她与幼时的猎人有几分相像……"

王后的话音渐弱，她扭过头，讶异地看了我一眼："你居然不犯二了！"

我笑笑，揽住她的腰："被聪明的老婆传染了嘛。"

王后蹙蹙眉头，脸有些发红："你干吗忽然这么亲亲热热的……"

"没什么。"我笑得春光灿烂，"忽然想起一桩旧事罢了。"

龙历00年5月

妈妈说，作为一只乖乖龙，我绝对不能乱出龙堡。与外界的联系只有一根从窗台垂落下去的藤蔓，会说话的藤蔓会告诉我一切关于外界的消息。

那天，它对我说，龙堡附近的森林里，走进了一个很可爱的女孩。她肤光雪白，唇若涂朱，顾盼间有一种极美又自信满满的神气。

会说话的藤蔓对我说，将来，她会成为王后。

第一次，我对外面的世界产生了无可名状的好奇心，或者说，是对那个百年来第一个闯进恶龙森林的人类起了好奇心。

我想，那该是怎样一个美丽的女孩，那该是怎样一个勇敢的女孩。

她见了我，会像妈妈所说的那样，畏惧地用石子砸我的额头吗？

夜色低垂时，我偷偷出了龙堡，藤蔓告知了我她所在的方位，告诉我，她在森林里迷路了，十分彷徨。

我怕吓到她，化成了人形，从外表上看，是个年龄与她相仿的男孩。我与她彻夜交谈，给她讲述远方的怪兽和骑士，讲述公主和王子，她听得入迷，怔怔地问："我听说，恶龙森林里有一只龙，你见过吗？"

我静了静，问她："如果你见到了，会怎么样呢？你想杀死它吗？人类都想杀死龙。"

她笑了，笑容单纯、安静而漂亮："我想看看它，是否和传说里所说的一样，美丽而强大。"

她的话音落地的那一刻，我展开了我的原身。

黑亮的鳞片布满矫健的身形，我展开双翼，遮天蔽日，发出一声龙啸，林木萧萧。

她的眼睛熠熠发亮，"扑哧"一声笑了："真小。"她跑上来，拥抱住我，一个轻轻的吻落在了我的额头上，"你真好。"她轻声说，似乎在诉说一个秘密，"龙，你能等到我长大吗？"

她的吻凉凉的，落在额头上的那一瞬间，我已然丧失了思考的能力。

这是未来王后的真爱之吻，她吻上我的额头的那一瞬间，我们便已悖逆了这个游戏的规则。

无形的束缚禁锢了我的灵魂。

当妈妈找到我时，森林里大雨倾盆，她已经不在了，唯有一只痴痴傻傻的小龙，痴痴傻傻地坐在地上。

您的好友【智商君】已下线。

龙历 17 年 5 月 15 日 夜

"你都想起来啦……"王后的眼睛熠熠发亮，与当年的那个小女孩一模一样。

不知是因为月光，还是因为泪光。

我抱住她，额头相抵，十指交扣在一起。

◇ END ◇

恶龙的财宝

◆ 文/ 时乙戌

恶龙洗劫了一个国家。

其实龙对人没有深仇大恨。既不图你吃,又不图你穿,不图房子不图地,唯一一点儿雅好,就是喜欢亮晶晶的东西。

珍珠玛瑙、黄金白银、啤酒瓶子、玻璃碴子。

巨龙也不知道自己为什么喜欢这些东西,大抵是因为他是这世界上唯一一只龙。高傲的物种饱暖之后没处思羞羞的东西,闲着也是闲着,蹲洞里数玻璃球也算是慰藉此生。

但是人类不这么想啊,隔壁国家那白胡子老头儿惦记自己的玻璃球,这国王就发动了战争,意图抢自己的玻璃球和玛瑙。

巨龙比较生气。

我,没有老婆,一个活了六百多年的屌丝龙,一共就有3157个玻璃珠子,跟考研词汇一个数。现在你要抢我的玻璃珠子,你不就是要抢走我3157个老婆吗。

屌丝龙气得牙根子痒痒,爪子一哆嗦就摁碎了17个老婆……

第二天,国王的大军就开到巨龙的家门口了。

无数穿着亮闪闪铠甲的士兵，在巨龙眼中无疑像一个个仓鼠。巨龙有心跟他们玩闹一场，可是他们如此脆弱，一玩儿就死。

你们不能飞的吗？

下水也不行？

打洞也不可以？

巨龙无趣地放下了一千来号士兵，但是没忘顺手把他们的盔甲扒了氽成铁丸子，好心通知隔壁国王——

诶，请到洞口三号树上领取你的近卫第十军团。

巨龙没想到自己激怒了国王，国王气愤地拔剑怒砍去几案一角，还怒睡了三个老婆，发誓不除此龙誓不为人。

一二三四五六七八九，九千人马会师巨龙洞口，敲锣打鼓地撕逼。

巨龙又多了九千个铁丸子。

巨龙特意去接了根儿天线，意图看美食节目学习各种红丸子、白丸子、四喜丸子、红烧狮子头的做法。但是洞里信号不好，只能看七点的节目，还怎么都换不了台。

巨龙拢了拢他这四根头发，半个月之后再见国王，留了背头，口称同志。

国王此时倾全国能战之兵，会猎于龙潭，旌旗无数，战戟如林，只为当初吹的那句牛。

巨龙好久没那么累了，毕竟那么些人呢，挨个儿扒盔甲氽丸子，年过六百的巨龙脸上带着幸福的光芒。随手一抹脸上的弓箭，手上氽着丸子，嘴里哼着"小妹妹送我的郎啊送到大门西，一抬头就看见了一个卖梨的，我有心给我的郎买上梨两个啊，可又恐这身子虚吃不得这凉东西"。

一抬头，咦，人怎么都没了。

只剩下那个颤颤巍巍的老头儿，巨龙好心好意送他回家，并表示很喜欢他的部队，很亲民，也很亲龙，什么时候再来呢？

没了，没了。

那不成，我喜欢吃铁丸子，嘎嘣嘎嘣的，你不给我我吃什么啊，你得赔我个宝贝。必须，波一，必。刺无啊，须。

国王泪都下来了，你少听点儿岳云鹏相声选不行吗。

然后他推出了自己的宝贝女儿。

公主很难接受，自己的父亲是被一个拼音都拼不好的龙所打败的。比较尴尬。

自己坐在一大兜子金银首饰、珠宝玻璃里，平时三十床垫子盖住一个绿豆，第二天公主都能硌得屁股发紫，此时公主很难受，肉质鲜美的她爬出兜子，蹲到巨龙的脖子上敲他脑袋瓜子。

"喂，我说龙师傅。"

巨龙抽空拢了拢四根头发，严肃地说道："首先，你应该叫我同志。"

"龙同志，你要抓我去干嘛啊？"

"我也不知道，你爹非塞过来凑斤两的。"

"你会吃我吗？"

"你好吃吗？"

公主思索了一番，摇了摇头。

"蘸酱呢？"

"并不。"

"我把你擩出酱呢？我跟你说，人类有很多种吃法，比如说我撕了你的肚子,那就出来草莓酱,我撕了你的肠子,那就是咖喱酱。一个甜口儿一个咸口儿,南北方龙关于这吃法总打架。"

"特么的。"

公主也不知道自己怎么就浑浑噩噩地跟巨龙回了家,还过上了没羞没臊的日子,在跟着巨龙在一起的日子里,公主学会了捧哏,也学会了吹啤酒,还在深夜的街头买醉。

他们还联机打红警、CS,世界杯的日子里,公主支持的英格兰三喵军团——英伦贵族就没出线。

一旁的巨龙非说苏亚雷斯是自己失散多年的兄弟,牙口儿恁好,生啃基耶利尼。

在阿根廷憾负德国队的时候,巨龙哭得像是个孩子,埋头在公主的怀里泣不成声。

"你是巨龙,你是潘帕斯雄鹰,你要坚强。"

×丝龙让公主也变成了×丝。

在而后三年里,有无数悍不知死的勇士试图来拯救公主,巨龙在窝里看着勇士,磨着指甲指着孜然味儿的勇士对公主说:"诶,这个喜欢吗?"

"不喜欢。"

"那我揍他了。"

"嗯。"

有无数勇士远道而来,为美丽的公主,为巨龙的宝藏。巨龙打退了一波又一波勇士,越来越力不从心。

巨龙从来没说,他是不能动感情的,每一次心动都在绞杀着巨龙庞大的身体,他的祖先,他的父母,他的兄长,无不因此而死。

那一天王子从东来，穿着银盔银甲，手中的宝剑好看得足够割开每一头巨龙的喉咙。他骑着白鬃马，有无数荷枪实弹的仆从。

"来吧公主。我来救你了。"

巨龙衰老地吐了一口气，对着公主说道："喜欢吗。"

这或许是巨龙最后一战，他的爪子不再年轻，他的翅膀也开始沉重。

公主犹豫不决，然后点了点头。

巨龙眼中的光芒慢慢褪去了。

正如同每一个童话故事里描述的那样，巨龙奋起苍老的身躯，装模作样地和王子缠斗了片刻。他是真的累了，被王子踏在脚下的时候，巨龙深深地吐出了一口气。

他献出了自己的玻璃球，他还献出了公主——自己的宝贝。

失去玻璃球的时候他眼都不眨，失去公主的时候，他炙热的眼泪滚落在地，成了龙珠。

他真的失去了宝贝。

恶龙和王子的战斗，总是以王子的胜利而结束的，恶龙真的恶，王子真的很好。但是伤害公主的，从来都不是恶龙。

而后恶龙再也没有看球，也没有打红警，在七点钟的时候，他准时看电视，拢了拢四根头发，庞大的身体在恢复生机，也在失去生机。

他再也没有找到那一种心动。

他又捆来了很多公主。但是在当天就送回去了，有嫌他穷的，嫌他没有玻璃珠子，任凭巨龙费尽了吐沫，说他曾经有无数财宝。

有嫌他房子不过是毛坯房的，没精装。

有嫌他没车的。

有嫌他没有爱疯的。

……

又是一个晴空万里的日子,巨龙再次攻破了一座城池,背了一包珠宝扬长而去,这一次他细心地劫走了皇宫里所有的垫子。

一只小手叩了叩他的脑壳,公主的脸满是笑意。

"师傅,你要抓我去干吗呀?"

巨龙拢了拢四根头发,捋出一个比较帅的大背头,善意地纠正她:"首先,你应该叫我同志。"

◇ END ◇

不屠龙的骑士屠龙

文/ 张拉灯

1

我是骑士。

所有人都知道,我的使命是斩杀巨龙,拯救公主,然后迎娶公主,从而成为国王,走向人生巅峰。

在这个世界上,所有人都认为这是天经地义的事情。

只有我不这么认为。

因为我喜欢我家隔壁的阿花。从我十二岁看见她的第一眼,嗅着春夏相交梧桐树的味道,我就知道,自己已经深深地爱上了她。那时我就发誓:这辈子,我只娶阿花为妻。

我跟阿花说:"我要和你永远在一起,走过一生一世,不分离。"

阿花笑如春风,飘荡我心。

然而当我长大,在人们对我的称呼变成骑士的那一刻,一切都变了。我突然感到,自己已经无法掌控命运。

骑士的传说,只属于无数做着童话梦的平庸大众们的痴心幻想。

人啊,怎么可能打败巨龙?

可是我身不由己。作为骑士,在成人的这天,一定要提着巨剑,骑着白马,独自走向西部神秘的森林古堡,挥剑屠龙,留名青史。

我亲眼看见,无数个刚刚成年的骑士在狂热群众的簇拥下,光荣地骑着白马,走向了森林。那些年少轻狂、意气风发的生命,只留给世界一个寂寞的背影。

没有一个人活着回来。

为了无数庸众那不切实际的幻想而牺牲,这大概是骑士的命运吧。

我也难逃窠臼。

2

一如以往的惯例,我在狂热群众的欢呼声中骑马走向了森林。

一路上,我披荆斩棘,抵挡风吹雨打,遭遇电闪雷鸣。路上我曾遇见无数枯枯白骨。

不知过了多久,我终于走到了巨龙的古堡。

我下马,提着宝剑,走了进去。

"人类?"巨龙慵懒地趴在巨大的黑色殿堂中央,看着我。

"又是来拯救公主的人类?"巨龙伸出手指,那长长的指甲比我人还要高,它的鼻子呼出的气流,几乎要把我吹倒。

"是。"我用剑杵着地,勉强地在气流中站住。

"太好了!"巨龙突然大笑,笑声震耳欲聋。我伸出双手,捂住耳朵,五脏六腑都像是要被震坏了。我咬牙强忍着坚持挺住。

巨龙终于停止了笑。

"我把公主给你,你赶快带着她走!"巨龙洪亮的声音传来。

"什么?"我张嘴。

我话音刚落,一个穿着连衣裙的女子被巨龙抛了出来。眼看她即将坠地,我一个箭步冲过去,把她接住。

动作完美,满分。

我看着怀里的女人,心想这就是公主了吧。

我刚想问公主有没有事,却不想她一下子挣脱开我的怀抱,把我踢开。

"混蛋,滚开,别碰我!"公主指着我喊。

3

我呆呆地看着眼前公主。她面黄肌瘦,满脸皱纹。

"这,是公主吗?"我难以置信。

"没错,这就是你们朝思暮想要救的公主。"巨龙没好气地又趴在了地上,"每天都有人类想要拯救公主,几十年了,没一个人能带走她。"

我听了这话,心头一紧。

我握着剑,指着巨龙说:"虽然我知道你们巨龙是很厉害,但我还是想一试。"

"这什么话?"巨龙打哈哈,"你别误会我的意思,我的意思不是我不放人,你懂不懂?"

嗯?

我疑惑地看着巨龙。

"是这赖皮公主不肯走!"巨龙几乎绝望地抱着脑袋,趴在地上。

"这娘们儿赖在我这儿几十年，吃我的用我的，死活不走！"巨龙指着站在一边的公主。

"放屁！谁要你当年把我抓了过来？从你把我抓来的那天起，我就是你的人了，永远都是！"公主走到巨龙身边，用力捏着巨龙的鼻子。

巨龙被捏得直叫疼。

我握着宝剑，看着眼前的这一幕，一脸懵×。

"我的任务，是拯救公主，击败巨龙。"我看不下去了，插话说。

"那太好了，少年，你快来！快来了结我吧！"巨龙绝望地趴在地上，闭上眼睛。

"你敢！"公主突然挡在了巨龙前面，指着我，"你这破骑士敢动我家龙龙一根毫毛，我要你死无葬身之地！"

……我不知所措。

我想了半天，只好说："公主，我不伤害巨龙行不行，我把你带回去，这样我的任务就完成了。"我露出期盼的眼神。

"滚。"公主回答。

4

我觉得人格受到了侮辱。

这句话激起了我作为男子汉的自尊，那一刻我内心的热血瞬间燃烧。

"你知道作为骑士为了这一天，付出了多少努力吗？"我涨红着脸，对着公主咆哮，"你知道有多少正值青春年华的大好少年，为了拯救你而死在半路吗？"

"你这么任性，你爸妈知道吗！"我指着公主，破口大骂。

"下人！你敢跟我这样说话。"公主向后靠着巨龙，对我冷笑，"你们这些下等人就是命贱，自己作死怪谁啊！我只是在追求我自己的幸福。"

"自己的幸福？"我眉毛一动，"那我也追求自己的幸福行不行？我想活着把你接回去。"

"然后娶了我这个黄脸婆？"公主捂嘴大笑。

此刻我没有回答。因为我想到了阿花，想到了曾经跟小花立下的誓言。

"我发誓，这辈子要和阿花永远在一起，走过一生一世，永不分离。"

看见我低头沉默不语。

公主的表情更加讥讽："我就说你们这些下等人命最贱，为了功名利禄，居然肯娶一个从来没见过面的黄脸婆。"

"更可笑的是还信誓旦旦说这是命运！你知道什么是命运吗？"公主的声音异常尖锐，她依偎着巨龙庞大的身躯，像是靠在一个巨大柔软的沙发上。

巨龙懒洋洋地打了个哈欠，看着我俩。

我咬着牙，终于忍不住了。

"我的命运就是杀了巨龙，然后把你救回去！其他的我不管。"我没有再和公主交流，因为我知道，既然决定了执行这个任务，那么不成功则成仁。

要么带着公主活着回去，要么死无葬身之地。

我拿着剑冲了过去。

5

我是骑士，我骑着骏马，身后坐着公主，荣归故里。

艳阳高照，晴空万里，都城百万群众夹道欢迎，都在传说那带着宝剑出发的少年骑士，如今屠龙归来，救回了被夺走的公主。

而今功成名就！

人们肆意地庆祝、喝酒、跳舞、高歌、纵情欢乐。

公主在我身后，带着面罩，裹得严严实实。

没有人在意公主长什么样，也没有人质疑这女子到底是不是公主，所有人都沉浸在巨大的狂欢之中，难以自拔。

偌大王宫，一片醉酒迷乱。

我和公主坐在大殿中间，面对着老国王。可老国王似乎并不对女儿感兴趣，他兴奋地打量着我。

颤颤巍巍的年迈国王干了一杯酒，咂咂嘴，笑着对我说："英雄骑士，我把公主许配给你，等我死了以后，你就是王国的新国王。"

"好！"站在周围的王公大臣，无不拍手叫好，所有人都被童话故事的成真带来的喜悦冲昏了头。像是一切剧情早就书写好了一样。

"不好。"我笑着回答。

冷风霎时吹过庞大的宫殿，直抵每个人的内心，气氛一下子冷到冰点。

"你，说什么？"老国王表情僵硬，装作没有听清。

"我说，不好。"笑容依旧。

"放肆！"王公大臣们顷刻间摔杯而起，拔剑对着我，王宫的侍卫们也把我团团围住。

我保持着脸上的笑容不变，同样拔出了手中的宝剑，在光芒的照射下，杀气腾腾。

"我是斩杀过巨龙的勇士，你们谁想试一试？"我环顾四周，语气淡然。王公大臣和大群的护卫们面面相觑，却无人吭声。

斩杀过巨龙的勇士啊，谁敢挑战！

"骑士，你到底想怎样？"老国王无奈地坐下，问我。

6

"很简单。"我收起了宝剑，把我身边的公主的面罩一摘。

当阿花的面容展现在众人面前的那一刻，我露出笑容。老国王一边指着阿花，一边抓着头，说"我女儿应该不是长这个样子的"。

"这不是您女儿。"我笑。

"什么！"老国王瞪大了眼睛。

"这是我喜欢的人，她叫阿花，我要和她结婚。"我静静地望着身边的阿花。

阿花对我笑，我也对她笑。

笑如春风，荡过心头。

"那公主呢！公主哪儿去了！你不是救了公主来吗？"老国王又颤颤巍巍地站了起来。

"公主没有回来。"我把阿花拥入怀，抱住。

"我回来是想告诉你，没有人有权夺取别人追求幸福的权利，更没人有权决定别人的命运！"

"没有人！"

我看着一群群冲向我的王宫侍卫，淡然地笑了。我把小花挡在身后，拔出寒光闪闪的宝剑，那一刻，我感觉全世界似乎都站在了我这边。

哼！

宝剑锋从磨砺出，能打过我算我输！

7

在巨龙的古堡，我拿着剑冲向巨龙和公主。

可是就在剑刺向巨龙的那一刻，我停顿了。

我看见，公主在哭，巨龙在流眼泪。

原来，他们是相爱的。

那一刻我不知所措。

我终于知道为什么巨龙无数次放水想让公主走，公主却不走。

我也明白了为什么公主这么不依不饶地赖在巨龙身边，骄傲的巨龙却接受这样无聊的生活。

我也理解了，为什么他们这么不合适，却依然能在一起度过几十年的日日夜夜。

没有人有权力夺取别人追求幸福的权利，更没人有权决定别人的命运。无论你是龙，是人，是王公贵族，还是底层草民，都一样。

"你们其实都爱着对方，谁也不想离开谁吧。"我收下了剑，看着面前的公主和巨龙。

因为爱，巨龙再也不杀人，任由我拿着剑在它面前耀武扬威。

因为爱，公主再也不愿回家，任由无数骑士在前来的路上殒命。

"帮我个忙，巨龙。"我说。

"什么忙？"巨龙睁开眼睛，眼角的泪珠还没干。

"帮我把阿花接来，她是我真正的公主。"我露出微笑。

一如十二岁初见阿花的那一刻，春夏之交梧桐树的味道，勾引着热血少年。

◇ END ◇

捡到一头龙

♥文/ 风兮兮

    骑士捡到了一头龙。

    骑士是王国里数万个的骑士之一,他活了二十多年,没什么突出的贡献。身高一般样貌一般才华一般,什么都一般。

    本来骑士的一生就应该这样平凡地生活,平凡地老去,平凡地暗恋公主。

    可是他捡到了一头龙,一头黑黢黢的、长着长尾巴的龙。

    龙傻傻的,它破壳而出的那一天,伸了个懒腰,就看到骑士了。龙愣了一下,眼睛瞪得溜圆溜圆,下意识喊了声"爸爸"。

    骑士也愣住了,忍不住回忆起自己的情史,但他很快就回忆完毕——因为他发现自己根本就没有情史。

    "你是谁?"谨慎起见,骑士抽出了剑。

    "爸爸。"龙眨巴眨巴眼,可怜兮兮地说。

    "你在叫我?"

    "爸爸。"

    "你妈妈呢?"

"爸爸。"

"……"

骑士收起了剑。

龙是公主的天敌。

故事里的恶龙都是这样：自立山头，平时睡觉，一觉醒了就下山抓一个漂亮姑娘——一般都是某个国家的公主，顺带还抢些金银财宝，囤在山洞里。

为了公主的安全考虑，骑士觉得自己应该杀了它。可是这头龙实在太小了，才刚刚出生，除了爸爸什么都不会叫，骑士不忍心下手。

"爸爸。"龙欣喜异常，顺着骑士的身体，笨拙地爬到他头上，对他的头发做出了一系列残忍暴力的攻击，玩得不亦乐乎。

骑士正犹豫该怎么处理这头龙的时候，外面响起了集合的号角声，骑士不敢把龙独自留在家里，索性戴上骑士帽，把龙藏在帽子下，穿好甲胄，急匆匆地跑向了集合点。

军队很快就集结完毕，出征之前，先是国王对骑士们褒奖勉励了一番，说你们是这个国家的功臣，是你们的浴血奋战，守卫了国家的和平，保护了国家的每一个人……

骑士撇了撇嘴，他不知道别人怎么想，但其实他是为了公主。

公主是那么美丽，那么圣洁，她就像一个完全不应该存在于人间的天使一样，令人无比着迷，以至于骑士连拥有公主的梦都不敢做。他只想默默地喜欢着她，默默地保护着她，只要偶尔能够看到公主的笑脸，骑士就愿意去做任何事。

大军出征的时候，公主也出现了，不过是在马车里，她掀起车帘，朝着外面挥了挥手，广场上顿时响起一阵响亮的欢呼声。

公主有着一头灿烂的金发,她的皮肤白嫩光滑,双眼漆黑明亮,她笑的时候,就好像星辰在发光。

"看啊,那就是公主,多么美丽,多么美丽。"骑士低声喃喃。

龙不甘寂寞,从骑士帽里悄悄探出头,看到了公主。

龙看看公主,又看看骑士,撇了撇嘴。

王国与敌国征战已久,最近战况愈发惨烈。前线兵员损伤过大,因此紧急从国内召集了一批骑士,赶赴前线。

这一路上,骑士都很饿。

因为龙很能吃,虽然它只有骑士手掌那么大,但每日里骑士的配餐,大部分是被它吃掉的。

龙吃得饱,体型也以肉眼可见的速度长了起来,最后帽子里藏不住了,骑士只好把它藏到怀里,几天后,又把它藏到背包里。

"吃肉!"龙在骑士的背包里喊,"要吃肉!"

龙想探出头,又被骑士按了回去:"等等。"

全军整合休息后,骑士悄悄溜了出去,他带着龙抓到了一只兔子,架在火堆上烤了起来。

"你怎么长这么快?"看着龙越来越大的身体,骑士皱眉问道。

这才几天,龙已经从巴掌大小,成长到一个篮球那么大了,每天吃得也越来越多,再过几天,骑士就喂不起了。

龙只是专心啃着兔子,并不说话。

几天来,除了体型,龙的智慧也飞一般地增长,已经可以流利地和骑士交谈了。

"吃完,你就走吧。"

龙啃兔子的动作顿了顿,抬起头来看向骑士。

"我藏不下你了,"骑士指了指背包,"被别的骑士看到,你会被杀掉的。"

龙沉默地点了点头,放下兔子,然后扑向骑士怀里。

龙紧紧地抱住骑士。

将双爪上的油腻擦干。

晚上睡觉的时候,骑士觉得很奇怪。

今天怎么有点冷,今天的床铺怎么有点大,今天……

今天没有龙。

骑士翻来覆去地睡不着,脑海里全都是离别时龙笑嘻嘻地看着他,在他额头上亲了一下,字正腔圆地说"谢谢你"。

别说,龙还挺好看的,大而明亮的双眸,漆黑光滑的鳞片,棱角分明的嘴与下巴。毕竟是自己养了十几天的,骑士怎么想,怎么觉得龙好看。

龙现在在哪儿呢?

它应该早飞远了吧。按着它的成长速度,大概很快就能成年,像传说中的巨龙般大小,到时候,它也会像那些巨龙一样,找一个山头,睡醒了就飞下山去抓一个公主回来,再顺带抢些金银财宝,囤在山洞里。

至于抢公主……算了,抢就抢吧,只要它不抢自己国家的公主就好。

而且,等龙长大,骑士的公主或许早已嫁人,成为王后了。巨龙一般都是看不上王后的。

骑士就这么想着,想了一个晚上。

直到吃早饭时,骑士下意识地留下了一半,打开背包却发现空无一物。骑士怔了一下,才恍然发觉,龙真的走了。

没有龙在的日子，似乎乏善可陈，于是骑士很快就到了前线。

前线的战斗很苦，每每休息时，骑士都会想起远在帝都的公主。如果战局不利，或许国王会把公主嫁给敌国，以求和亲吧。

听说敌国的王子懒惰又愚笨，他的脸上坑坑洼洼，油腻又丑陋，他的身躯肥胖得像一个大号皮球。

一想到这里，骑士的心里就很难过，他决不允许公主嫁给那样的人。

于是，每一场战争，每一次挥剑，骑士都很拼命，坚定不移地执行着将军下达的指令。

可是战争的胜负却不会因为骑士一个人而发生改变。局势越来越不利，王国的军队且战且退，最终被敌国包围进一座小城。

在突围战时，敌国的兵力异常凶猛，骑士手持长剑，以极其悍勇的姿态，义无反顾地冲进了战团。

处处是人。

骑士左劈右砍，很快就耗尽了最后一丝力气，眼见敌方的重剑砍来，他却没力气躲避。

就到这里了吧。

生命的最后一刻，骑士想起了公主，他最后也没有保护好公主。

骑士遗憾地闭上了眼睛，他似乎又听到一声龙吟，对了，龙呢？不知道那头龙现在怎么样了。

骑士站在原地等了许久，也不见半点异样，他疑惑地睁开眼，发现自己面前站着一头高大的巨龙，巨龙的眼睛又大又圆，正直直地盯着他。

"你是？"骑士瞪大了眼。

巨龙点点头，朝他眨了眨眼。

巨龙将骑士接到背上,在空中盘旋了几圈,一个俯冲,它巨大的双翼挥动,卷起一阵烈风,敌国的士兵纷纷倒地,巨龙大吼一声,张开嘴,又吐出一团团燃烧着的火焰。

战局瞬间扭转,骑士们气势大振,纷纷扬起剑朝着敌人冲去。

而骑士也就这么顺理成章的,成为了世上第一个龙骑士。

在龙骑士的带领下,王国的军队一点点扳回了劣势,扭转了战局,终于在决战中大胜,彻底将敌国打败,平息了战争。

骑士成了英雄。

"恭喜你啊,听说国王准备把公主许配给你。"

归来的路上,龙如此对骑士说。

骑士得意地笑着,迎娶公主,这本来是他想都不敢想的事,没想到居然真的会有这么一天。

"还要看公主的意思,公主答应了才算的。"直到现在,骑士仍旧十分尊重公主,他希望公主的选择是她真正喜欢的。

"我想她会喜欢的。"龙背着骑士,在皑皑白云中穿行。

"这一切还要多谢你。"骑士拍了拍龙头,感慨道,"不过你一下子变得这么大,我好不习惯。"

王城遥遥在望,龙笑了一下。

回到王城的龙和骑士,立刻受到了英雄般的待遇,全城欢呼,他们高声呐喊着"英雄"两个字。

第二日,国王郑重地接见了骑士,并且提出了他和公主的婚事,骑士看向公主,询问她的意见。

公主看了看骑士,又看了看龙,最后微笑点头。

婚礼当日,骑士在房间里醒来,仍旧不敢相信自己即将迎娶公主。

他迫切地想和龙分享自己的喜悦，却发现龙不见了。

龙只在纸上留下了一句话：

"当重要的人面临危险时，龙就会迅速长大。"

骑士愣在原地。

接下来的婚礼，骑士根本不知道自己在想些什么，或者说，他一直在想他的龙。

龙刚破壳时的样子；龙和他抢饭吃的样子；龙笑嘻嘻抱他的样子；龙威风凛凛出现在战场时的样子……

骑士回过神时，看到所有人都在看向他，身旁慈祥的白发牧师正望向他，又一次重复问道："你愿意吗？"

骑士抿抿嘴，没有说话。

他朝公主道了声抱歉，然后转身跑了出去。

他穿过拥挤的人群，朝着城外跑去。

跑向了他的龙。

骑士离开后，公主似乎明白了什么，她和身侧的伴娘相视一笑，牵起了对方的手。

番外

骑士和龙凯旋的当晚。

公主听说国王准备把自己许配给那个龙骑士，不由得有些苦恼。

她向国王求了很久，国王仍不肯松口，回到自己的房间时，已是深夜。

她点燃油灯，才发现自己的房间里居然坐着一名年轻人，她吓了一跳,正准备惊呼,可是那年轻人将食指竖在唇前,"嘘"了一声,她就说不出话了。

"这么晚还来打扰您,我很抱歉。"年轻人的声音很好听,他沉稳的神态让公主放下了戒心,感到一阵莫名的安心。

"你是……"

"龙,我是那头龙。"

不顾公主惊讶地瞪大眼睛,年轻人继续道:"我希望公主您能答应嫁给尊敬的龙骑士先生。"

"我若是不愿意呢?"公主有些不快道。

"那我就吃掉你。"年轻人微笑着道。

"不过我猜他不会迎娶您,即使您美得如同天使。"年轻人站起了身,朝窗边走去。

"你说什么?"

龙已经离去了。

◇ END ◇

等等，你到底是谁

♥文/ 明月归

1

"叩叩"骑士轻敲恶龙家的大门："有人……不是，有龙在吗？"

厚重的大门被缓缓拉开，门后一个金发小哥的脸上洋溢着礼貌的微笑："我是龙大人的管家，请问有什么事吗？"

"呃……"骑士看着他愣了愣，心想着恶龙居然有这样貌美的管家。不会是 gay 吧？

是的，骑士殿下对于一个男人相貌与品味的最高评价，就是——不会是 gay 吧？

"那个，"骑士礼貌地开口，"公主殿下被恶龙掳走了，我是来带她回去的。"

管家脸上的笑容更盛："你凭什么带她回去？"

骑士歪头皱了皱眉："你们有什么条件？"

管家的笑容在骑士看来有些诡异的兴奋："龙大人说了，以一抵一。你留下，我们就放公主走。"

"我是男的！"难道管家和龙都是 gay？

"那龙大人可是母龙。"管家仿佛要笑出声来，他侧身露出身后的走廊，"要进来吗？"

骑士望向那看不到尽头的走廊，迈出了脚。

毕竟自己可以找时机逃出去，公主可就不一定了。

"公主就在这个房间里。"管家笑着拉开一间房门，下一秒，他的笑容凝固在了脸上。

屋内空无一人，但开着的窗户和被翻得乱糟糟的房间已经告诉了他们刚才发生了什么。

2

管家其实不是管家，他是恶龙。

恶龙小时候也不是恶龙，是一只遵纪守法的好龙。只是三百年前他一生气把王国中的人杀了大半，才被叫做恶龙。

但他觉得自己还是那只能背出社会主义核心价值观、遵纪守法的好龙。

他生气的原因，是王国中有人杀了他的小爱丽丝。

小爱丽丝是他几百年中唯一的玩伴，他们一起度过了许多快乐的时光，分别时龙给了她自己最喜欢的珍宝，还目送她很远很远。

后来却听说她在路上遭遇抢劫，宁死不把珍宝交给对方，结果被对方一刀捅死。

龙很生气，在杀死很多人找到被抢的珍宝后，便悲鸣一声独自窝在家里等她转世。

一等就等了三百年。

三百年后他准备出门看看，正好遇上了带有小爱丽丝味道的公主，于是就把她带了回来。

谁知道来找公主的骑士身上味道更加浓郁，他几乎可以肯定骑士就是小爱丽丝的转世。

谁知道公主自己跑了？还乱翻他的房间？恶龙看向身旁目瞪口呆的骑士。

只要能把他留在身边，这波就不亏。

3

骑士其实不是骑士，她是这个国家的公主。

公主却不想做公主，公主有什么好的，天天穿着长长的裙子带着僵硬的笑容。

但这个国家又不能没有公主，于是公主每次溜出去玩时都让自己的贴身女佣穿上她的衣服戴上她的首饰，坐在她的房间里假装思考人生，等自己玩够了再溜回来。

谁知道这次玩脱了。

公主在街上刚要和几个欺负小乞丐、老人的流氓打架，就听见大家喊着"公主被恶龙抓走了"。一抬头刚好看见穿着自己衣服的女佣被恶龙抓在爪子里。

公主连架都顾不上打了，就跟着恶龙跑。

万一假公主被别人救了，自己的行为不就暴露了。再说，不能让女佣来帮她承担危险啊！

现在是什么情况？女佣自己跑了？

公主目瞪口呆地看着窗口。自己的女佣什么时候身手这么灵活了？

4

被抓走的公主其实不是公主，也不是公主的女佣，她是一个侠盗。

侠盗从来没觉得自己这么倒霉过。

她扭了扭刚才被恶龙抓得有些酸痛的腰，回头朝那幢富丽堂皇的城堡噘了噘嘴——一个恶龙都住在这么好的地方，真是世道不公！

自己好不容易躲过皇宫的守卫，溜进一个看起来不错的房间，打晕了在里面发呆的人，换上了她的衣服准备出去寻找财宝，谁知道还没走几步就被一只龙给抓走了。

侠盗掂了掂手中从恶龙家翻出的财宝，走到街角乞讨的小孩子面前："走，姐姐今天带你们吃好的去！"

说完，她又走到距离孩子们不远的头发花白的老人面前："大爷，还没想起自己住在哪儿吗？那跟我们一起走吧。"

"好啊好啊！"几个小孩子从地上爬起来，"姐姐你真好！姐姐，刚才有一个很好的骑士先生把要欺负我们的坏人赶跑了！"

老人也点了点头："小姑娘，谢谢你，要是没有你，我这几天都不知道该怎么办好了。"

5

"公主自己走了，那我就不留下了。"公主说完转身就走。

"那我也和你一起走！"管家追了上去眨着眼睛，"你去哪儿我就去哪儿。"

公主打量着他，觉得他长得好看又温顺，跟着她只要不惹麻烦就行。

"绝对不惹麻烦！"恶龙呵呵地笑着，一下变成本来的形态，他挠挠脑袋，"人……人家好久不用化形之术了不习惯。你……你都让我跟着你了不许反悔哦！"

6

公主回到寝宫，看见只穿着中衣的贴身女佣晕倒在床上。

她把女佣安置好，换上另一身衣服便要带着恶龙去觐见父皇。

"呜哇哇——"恶龙看见换完装的公主大叫，"你不是说你是男的嘛！"

"那又如何？"公主挑眉，恶作剧似的把脸靠近恶龙，在看到他脸上的红晕之后满意地笑了，"你也没说你是条龙啊，扯平了。"

"哼。"龙别过脸。

公主脚步一顿，脸上的笑容不自觉地扩大。

7

公主对国王说，这位金发的少年从恶龙的手中救了她。

公主还说，恶龙已经被铲除了。

对呀，剩下的是只遵纪守法不惹麻烦的好龙了。

公主还说，这个人近期或者永久都会跟着她，至于以什么身份跟着她，她倒还没想好。

公主还想说些什么，国王打断了她，让所有人都出去，他要和这位勇士单独谈一谈。

公主一愣，她最近觉得国王有些奇怪，现在他这样说，难道是看出了什么。

虽然这样想，公主还是行了个礼，乖乖退了出去。

临走时，她看见恶龙眼睛微眯，直直地盯着国王，还隐隐透出一股杀气。

8

国王其实不是国王，他是一个巫师。

可是巫师却不甘于只做一个巫师，他有了超于常人的魔法，便想过上超于常人的生活。

那么这个世界上谁的生活过得最好呢？森林中隐居的精灵？宫殿中的恶龙？

不不不，算了算了，太冒险了，还是人类吧。

那么人类中谁的生活过得最好呢？国王。

于是他用自己的魔法清除了真国王的记忆，改变了他的容貌，把他赶出皇宫，又将自己幻化成国王的形象。

还没开心几天，他就对国王的生活幻灭了。他不仅要没日没夜地处理政务，还要防止自己被国王身边的人看出端倪。

而现在他有个更大的麻烦，就是眼前人形的恶龙。对方一眼，便发觉了自己的真面目。

"国王呢？"恶龙不耐烦地皱起了眉头，面前的人味道怪怪的，绝对不是平常人类的味道，他待在小爱丽丝的身边到底有什么目的？

恶龙烦躁的时候，便顾不上维持人类的形态。"砰"的一下，小小的宫殿被它巨大的身躯塞得满满的。几乎一瞬间，宫殿就被恶龙挤塌了，国王来不及施法，便被埋进了废墟之中。

轰隆隆的声音立刻传了出去，被惊吓到的人们纷纷聚了过来，却因为惧怕恶龙，不敢上前去救国王。

"姐姐……"小孩子拽着侠盗的衣角怯怯地问，"那是龙吗？"

"是的吧。"侠盗用手挡住自己的脸。自己不过是拿了些它的财宝，它用得着这样吗？

侠盗急于躲藏在围观的人群中，没看见头发花白的老人眼中的茫然。

9

"你干什么呢？"公主赶过来，"我父皇都被你砸死了！"

恶龙努努嘴："他才不是你父皇呢。"

虽是这样说，恶龙还是用它宽厚的爪子在废墟里扫了扫，拎出来被砸晕的国王。

"这人不像我父皇！"公主惊叫道。

"他本来就不是你父皇。"恶龙把他拎到鼻尖仔细辨认，"这个难闻的味道……"

和当年那些珍宝上留下的陌生气味一模一样。

封印已久的记忆又被打开，恶龙的目光突然凶狠了起来，他用力摇晃昏过去的国王。

"他是个巫师！"恶龙举起因昏迷导致法力中断而恢复原貌的巫师，"他一定是对你的父皇施了什么法术，然后伪装成国王！"

"没错！"围观群众中，头发花白的老人突然走了出来。

"父皇？"公主看向来人，叫出了声。

10

头发花白的老人不是乞丐，他是这个国家的国王。

当巫师昏迷、法力中断的那一刻，国王什么都想起来了。

自己的身份，自己的女儿，自己的国家，自己的子民，以及这个巫师。

只是面前这条龙……是谁？

不过国王毕竟是国王，他清了清嗓子："巫师企图顶替我，罪该万死，这位英勇的龙，可否把巫师交给我们处理？"

"不用麻烦了。"龙又幻化成了金发少年的模样，"我已经处理掉他了。"

上一次自己没保护好小爱丽丝，这一次绝不能再出任何差错。

龙眼神宠溺地看向公主，她现在又在自己的身边了，真好。

公主没有看向他，但是微红的脸颊和上翘的嘴角已经表明她发现了他的小动作。

恶龙其实不是恶龙，对于公主来说，他就是她的骑士。

◇ END ◇

He was born in the past

他生于过去

南黎寻龙记

♥ 文/ 不再说

1

我家祖上养龙为生,传到我爹这代,没落了。

他自小苦练异术,二十年才学成出山,正准备大展身手,却发现,当今天下已经没有真龙了。

花了十年光阴踏遍神州大陆,苦寻无果,这才认命回家,养起了猪。

我爹他一生郁郁寡欢,临终之时将我喊到床边,掏出一个被油布层层包裹的罗盘,目光中是我看不懂的情绪。

他轻声细气,嘱咐我将这祖辈传下的寻龙盘埋入土中,以后继承父业,安心养猪,别再像他一样重蹈覆辙,整天想些有的没的。

我含泪接过,入手一烫,盘上的指针在我俩眼前疯狂地摆动。

针如龙形,所指的,赫然是南方。

2

"爹,这啥?"我抬头问我爹。

他瞪大双目,紧紧地攥着我的手,语气急切:"拉我起来、去、去……"

"啥?"

我一时没反应过来,耳边亢奋的声音渐渐归于死寂。原来他惊喜之下,一口气没上来,就这样去了。

那日七重白纱轻轻落下,满座宾客欢聚一堂,杯影交错间,我孤身跪在棺前。

我静静看着面前的寻龙盘,想着我爹生前对我所说的,心中已经下了决定。

我要去寻龙。

3

我爹一生命不好,没寻得真龙。

却在杀猪中,将祖辈传下的技艺融会贯通,发扬光大。

据他所说自己拥有五猪之力,一刀下去,再野的猪也要乖乖趴下,任凭宰割。

我问他:"那龙有几猪之力?"

他沉默不语,良久才道:"我们祖辈制服龙,靠的不是力气大。"

"那靠的是啥?"

他轻轻抿了一口酒，目光深沉："脑子。"

4

我脑子不好。

我爹经常这样说我。

"不过力气是真大，将来杀猪一定是把好手。"隔壁瞎眼算命的夸起我来连我爹都不好意思。

我爹一不好意思，就会给他少算点肉钱。

所以他也是我家肉铺的老顾客，这些年没少给他缺斤少两。

我立志寻龙，临行前想想还是去找他卜一卦，弄个好兆头什么的。

我恭敬地提了一斤好肉上门拜访，在门口等得睡着又醒，才发现他不知什么时候离家云游去了。

他似乎早已知道我的到来，给我留下了一支签。

5

"这啥？"

我费力打量着手中这支竹签，上面似乎是用朱砂划刻着道道条纹，看着跟鬼画符差不多。

而那个瞎眼算命的不知离开了多久，屋子里面冷冷清清。

我摇了摇头，还是将竹签放入包裹中，又看了看空无一人的屋子，轻叹口气。

想到他还欠了我家肉铺不少钱，便索性将能搬的家当都搬走了，虽说用不上，但拿去典当了也能换些盘川。

此去寻龙，顺着寻龙盘所指的地方，我要去的便是神州最南处——南黎。

6

相传那里是上古大巫后人生存的地方，人情地貌与神州迥然不同。

此去千山万水，走陆地常人一生难至，好在此世水运通畅，好在我爹勤勤恳恳杀了一辈子猪，薄有家当，我便买了直通南黎的船票。

我站在大船最顶端，一头长发在风中肆意飞扬。大风起，我的衣袂在风中猎猎作响。

凭高而望，看着脚下波涛壮阔的江面，眼神恍惚，想着那不知何处的真龙，想着自家祖辈流传下来的英勇事迹，一时不由得痴了。

耳边突兀传来一道叫声。

"那个杂役，站那么高不怕摔死啊，赶紧下来搬货！"

我吓得脖子一缩，连忙爬下旗杆。

"好嘞，这就来！"

7

事实证明，杀猪并不能致富。

我穷尽家当，也只能买得起半张船票。白天为人搬货，晚上便在厨房刷盘子，好说好歹，苦苦哀求，这才混上船来。

只是这碗，也忒多了。

不知刷了多少碗，我愤愤地将抹布往水中一扔，含恨道："空负十猪之力，一生襟抱未曾开！"

"这位兄弟难道也是我辈中人？"

一旁默不作声刷夜壶的一个杂役突然出声问道。

我下意识回头望去，只见他眉清目秀，虽然长相比我还差那么一点儿，但也算得上五官端正。

心中一动，轻声道："实不相瞒，在下祖辈乃……"

我还没说完，他便似乎找到了知心人一般，义愤填膺道："实不相瞒，在下祖辈乃是屠龙世家，空负一身屠龙之技，奈何当今天下已经没有真龙了！"

我："……"

8

"家父一生勘地脉、寻龙穴，遍寻天下而不得真龙，最后郁郁而终。临终前本来嘱咐我将家中所传屠龙刀扔入谭中……"

那个杂役越说越激动，在原地来回踱步，一拍大腿道："好家伙，便在此时，那把屠龙刀竟然神刀自鸣，隐隐指向南方！"

我："……"

他"吭哧"一声，从腰间抽出把一尺长、隐隐有血光的半圆形刀，眸中精光大作："此去南黎，便是我李小花名扬天下的机会！"

我瞄了眼那把刀熟悉的造型，小声道："兄弟莫非是杀猪的？"

9

"家门不幸啊！"

李小花眼神落寞了一下，耐心解释道："这刀虽然看起来像杀猪刀，但它确实是一把屠龙刀。"

"家父一生为寻龙耗尽家财，最后不得不沦落到为牲畜去势，以此谋生。宝刀蒙尘，不亦悲夫？"

我同情道："理解。"

李小花转回头，情深意切道："我见兄弟你也不是常人，有个请求不知当讲不当讲？"

我坚定道："那就别讲了。"

李小花嘴皮颤抖了下，我继续道："实不相瞒，在下祖辈也是大有来历的……"

10

"你我一人是养龙世家，一人是屠龙世家，神州虽大，却能相逢于此，缘分呐。"

"我已经打探到，南黎最近风起云涌，天下第三道法世家——南黎重家，发重金告示天下异人前去探寻真龙遗迹……"

"等咱兄弟俩上了岸，揭了那告示，寻得那真龙，荣华富贵不是触手可及？便是做个上门女婿也未尝不可啊！"

我默默刷着盘子，耳边似乎有一千只苍蝇嗡嗡直叫。

良久，李小花深情道："兄弟！"

我轻叹口气："你不要说了，那夜壶我是不会帮你刷的。"

李小花："哦。"

11

日子便在这日复一日的刷碗中过去。

李小花每天刷完夜壶后就会偷偷跑到船板上演练招式，据他所说这是祖辈传下的屠龙三十六式，博大精深。

我婉言谢绝了他用几个破招烂式收买我的企图，每晚没事儿就默默地看着他演练。

他虽然看起来不靠谱，但是见闻远胜于我，无论是天下大势还是民间奇闻，说起来都是头头是道。

不过最让我感兴趣的还是他口中那个南黎重家的千金——重婉婷。

据说此女天姿国色，生有异香，正是待嫁之年。

也不知此去南黎能否寻得真龙，遇得此女。

日子如水逝去，大船终于靠岸了。

12

赤帝城。

先民花百年时间，采天下奇石，铸五座帝城，镇十方异族于关外。

其中南黎重家，镇守的便是这座赤帝城。

我看着那巍巍高大的城墙，心中一股豪情顿生，与李小花相视一笑，并肩进入城中。

在城中显著位置，一个巨大的金榜高悬于上，上面笔走龙蛇写着"寻龙"两个大字。

高台上，一群人正激烈地争论着什么。

"你家就是个世代兽医，从哪里冒出来的驯龙祖先？"

"你呢，拿着把三两银子的大背刀就能说这是斩龙刀吗？"

我愣愣地看着那些人在上面耍猴儿一般争执，一个大汉不时抽出把一人高的大刀不怀好意地看着对方。

我小心看了眼身边的李小花越来越黑的脸，轻声道："兄弟，人家这造型，这材质，这气场，可比你强多了……"

就在此时，一道清冷如玉的声音遥遥传来："够了。"

13

远处，一个身着玄衣，身骑巨象的男子缓缓而来。

他眉目如剑，顾盼英姿，看起来卖相极佳，然而比起我来还差那么一点点。

"这谁？"

我小声问身边的李小花。

李小花目光奇异地看着那个男子，轻声道："你看他胸前。"

我凝神望去，那里有一枚火焰模样，中央泛着诡异蓝色，看起来透着蛮荒气息的纹章。

"这啥？"

李小花耐心解释道："那是南黎重家的专属印记。相传这家掌握着五行中的南明离火，所以他们每个族人身上都会佩戴着这样一枚纹章。

"换算成你能理解的，这人大概有百猪之力吧。"

我："哦。"

14

那个重家之人并没有多做停留，他皱着眉头嘱咐一个管事模样的将这里安排好，然后又匆匆离去。

似乎有什么要紧之事。

管事满面春风地送走重家之人，就差没捏个兰花指拿着手帕挥来舞去。

然后一本正经地看着我们这群"来历不凡"、"家传悠久"的屠龙勇士，食指拇指轻轻摩擦了下，熟络道："啊，诸位刚才聊得很开心啊。"

众人："……"

15

我惬意地躺在躺椅上，打量着眼前的重家大宅。

那个管事虽然脸黑手辣，但是办事效率还是蛮高，二十号人被他登记在册，安排进了这个宅子中。

只是苦了刚才那群屠龙勇士，有几个被剥削得差点把祖传宝刀给当了。

还有一个直接连底裤都被扒了下来，不过没办法，谁叫他吹嘘自己的底裤穿了金丝银线，刀枪不入呢。

不过还好，刚才李小花抢先付了钱，看来我爹生前嘱咐我出门在外多交几个朋友还是有好处的。

"兄弟，我已经跟管事的说好了，这段时间我们就住一个房间了。"李小花殷勤地跑过来，神清气爽道。

我含笑点头，目光温润道："刚才让你破费了，实不相瞒，我这里还有一点私房钱……"

李小花羞涩道："实不相瞒，刚才我拿的是你的钱袋……"

16

重家占地辽阔，我们所在的只是其中一个很小的区域。平日里出行都有人看管，很是不方便。

古怪的是待在这里这么久，重家之人也没有提及寻龙一事。而李小花也越来越不对劲，每天神色匆匆，往往神秘出现又匆匆消失。

倒是那帮屠龙勇士乐得清闲，整天窝在一起抠着脚互相吹捧。

吹自己家传悠久，吹自己祖上有人。

一时宅子里能人辈出，养龙的、屠龙的、驯龙的、骑龙的，济济一堂。

你家祖上杀了三百条，这家祖上屠了五百条，那家祖宅下面还躺着百八十条。

大家算了下，彼此祖辈杀的龙连起来能绕南黎三圈。

完了大家再长叹一声："哎，当年杀得太起劲，难怪当今天下无真龙啊。"

我一边嗑着瓜子一边听得津津有味，感同身受道："哎，绝种了。"

17

夜幕降临，我躺在床上假寐，心中暗自算着时间。

最近每到这个点，李小花总是会半夜出去，也不知去干什么。

再联想到进了赤帝城，寻龙盘毫无动静，而重家之人也避而不见，让我对此次南黎之行隐隐有些想法。

果不其然，房间中隐隐有人蹑手蹑脚起床的声音，我连忙打起了呼。

轻微的开关门声音，随即一个足声渐渐远去。我犹疑了下，翻身跟了出去。

一路上跟着他不知避过了多少个明岗暗哨，我心中也越来越惊疑不定。

重家好歹是天下五大道法世家之一，但是李小花竟然一副对这里十分熟悉的样子，他真的是杀猪匠之子吗？

不知尾随了多久，李小花突然鬼鬼祟祟地在拐角停了下来。

我心中一紧，连忙藏好身形。

接着听到他嘀咕了一句："妈的，又尿急。"

我："……"

18

我捏着鼻子又等了一会儿，他才施施然拉起裤带，接着又往前面走去。

这一次他直接进了一个偏僻的别院，我攀着门沿正准备窥探，他突然冷笑道："看够了还不出来吗？"

我吓得一愣，连忙准备坦白从宽。

一个声音幽幽响起："小花，没想到还能再看到你。"

与此同时，一个男子幽幽现身，竟然是当初在赤帝城中看到的那个重家之人！

他目光复杂地看着李小花，幽幽一叹："十二年前你爹来南黎寻龙，当时你还在我家住了一年。你，还好吗？"

19

我看着月光下两人相对而立，心中陡然生出一种奇怪的感觉。

他大半夜出来竟然是来见一个男子，难道他们有不可告人的秘密？

只是两个男的……

联想到跟他同住一屋这么长时间，一股寒意从心底蔓延开来。

还没等我浮想联翩，李小花冷笑道："我很好，拜你们所赐，当年寻龙无果，我爹反而被人偷袭重伤，两根真龙签被尽数夺去，不得不远遁他地，郁郁而终。"

"当年家父立志铸造一把绝世神兵，需要真龙血淬炼，不得已而为之。"

那个重家之人幽幽一叹："这么多年来，你又何必一直活在仇恨之中？我还以为你此次是专程来见我的呢。"

"你故意用真龙为引，难道不是为了引我入瓮？"

李小花冷笑道："我这次来，只是为了拿回属于我家的东西。"

那个重家之人轻笑着翻开手掌，一把寸许长、通体晶莹的玉剑在他掌心如有灵性般跳动。

"你在我家找了这么久，不是正想找它吗？"

随着这把玉剑的出现，我怀中的寻龙盘一阵躁动。

难道引发寻龙盘异动的竟然是这把小小玉剑，而不是什么真龙。我心中一阵失落，随即目光炯炯地看着这把玉剑。

"此剑沐浴龙血而铸，自带真龙之气，只是还欠缺三分才可圆满。"

那个重家之人痴痴地看着这把玉剑，眸光一转又看向李小花："当年你李家三根真龙签，最后一根应该还在你身上吧？"

20

李小花冷笑道："被我扔了。"

那个重家之人轻笑道："小花，你除了冷笑就没有别的表情了吗？不过没事，只要拿你身上的屠龙刀熔炼进去，此剑照样可以大成。"

李小花继续冷笑道："我一个人孤身来这里，你就不怕我有什么依仗吗？"

"你有什么依仗，靠你那屠龙一刀吗？"我心中暗自嘀咕着，而院子里两人终于一言不合就开打，隐隐有两百头猪的气劲弥漫开来。

就在此时，一道晶莹的流光好巧不巧从院中划过一个抛物线，掉到我面前。

是那把玉剑。

我感受到怀中的寻龙盘越来越躁动，心中一动，忍不住附身捏住玉剑。

空气在这刻静止。

我弱弱抬头,李小花和那个重家之人不知何时一起站在我面前。

两个人看起来都很是狼狈,而那个重家之人更是一头长发披散而下,竟然是女扮男装!

我迅速捋了捋头发,轻快道:"呀,这是谁掉的玉剑啊?我就放这里了,你们继续,继续。"

两人:"……"

我讪笑一声,正准备扔出玉剑,怀中突然传出一道龙吟之声,一根竹签猛然蹿出。

"这啥?!"

"真龙签?!"

一个声音与我异口同声响起。

我看着这根熟悉的竹签,听着耳边传来的那个女声,心中想起一张熟悉的老脸。瞎眼算命的留给我的竹签竟然是什么真龙签?

还没等我反应过来,竹签便如有灵性般化为血水,汇聚到玉剑之上!

玉剑陡然绽放光芒!

光芒中,我的脸色跟吃了大便一样难看。玉剑上面突兀出现一道细细的裂纹,然后迅速蔓延至整个剑身。

"砰"!

21

我小心瞄了眼一地玉屑,又抬头瞄了眼一旁呆滞的重家之人,诺诺道："这把玉剑，拿去拼凑下应该还能用吧……"

迎接我的，大概是一百头猪迎面冲来的劲力。

刀影呼啸间，李小花手持屠龙刀纵身向我这边扑来，四目相对间，他深情道："兄弟，我没看错人。"

我："……"

手中一紧，李小花拉着我向外面亡命跑去……

那一夜，南黎重家沸腾了。

那一夜，赤帝城全城戒严，火把燃天。

而黄龙江上，一叶小小的扁舟，我和李小花坐在上面看着翻滚的江水相对无言。

22

"为什么我身上会有你家的真龙签？"

我终于深吸口气，忍不住问道。

李小花道："我家留下的真龙签，我爹身上的两根被重家抢走，还有一根在我叔父那里。他当年因为我爹失签重伤一事内疚于心，消失不见，不知怎么会找到你，还将这最后一根真龙签送给你……"

我恍然大悟："所以我认识的那个瞎眼算命的是你叔父？"

李小花含笑点头。

我费劲地揉了揉头："所以他知道我会来南黎，就在最后一根真龙签上做了手脚，让那把玉剑碎成片片？"

李小花欣慰道："应该是这样。"

"所以我千辛万苦跑到南黎，连根真龙的毛也没找到，还平白无故得罪了一个重家?"

"这话说的,你不是认识我了吗……"

"哦。"

23

"此后千山万水我们兄弟俩并肩走,一个养龙世家传人,一个屠龙世家传人,我就不信有生之年寻不到真龙。"

"听起来很美好,不过你会划船吗?"

"这个,好像不会……"

事情的经过一言难尽,总之我现在仍和李小花一道行走在寻龙的漫漫征途之上。

◇ END ◇

恶龙和它的贡品厨子

❤文/ 扶他柠檬茶

1

村子东面盘踞着一条恶龙。

龙动不动就飞到村里骚扰一番,弄得人心惶惶。村里有个长老出了个主意:每年送一名处女放进花轿里送上山给它做老婆,说不定龙就不会总来晃悠了。

村里学厨的小青年小刘举手:"长老,为什么要送处女?"

长老:"古书上说的……"

小刘的小圆脸上一脸茫然:"可是这个数据经过调研吗?龙填过问卷吗?有调查过客户需求吗?"

长老:"没有。"

小刘:"那万一龙不喜欢处女怎么办?要是龙是一条人妻爱好者或者熟女爱好者怎么办?满足用户需求不能先入为主啊,而且龙也有可能是恋老癖……"

长老扭头:"来人啊!给我把他绑起来塞上花轿!"

2

龙:"于是,你就被送上山了?"

龙今天早上看到山洞门口有台花轿,扯开一看,里面是个被五花大绑的小伙子。

小伙子委屈极了。

龙也挺委屈的,本来一个人清清静静住着,突然家里被塞了个人。

不过小刘还是第一次看到龙,老大一条,黑乎乎的,一圈一圈盘成一坨。

小刘感叹,声音发颤:"好……好大的龙啊……"

龙的声音从旁边传来:"我在这。"

小刘:"咦?那这一坨是啥……"

龙:"那一坨是我的屎。"

虽然有个不太愉快的开头,但小刘还是代表村民来给龙大人致以慰问:"你你你……能放我走吗?"

龙:"……你留在这有啥用吗?"

小刘:"你,你不吃我啊?"

龙:"……你好棒棒哦,你觉得自己看起来好吃吗?"

小刘:"龙吃东西还分好不好吃?"

龙觉得自己的龙格受到了侮辱,伸出爪子在小刘身上点来点去:"皮太厚,肉太糙,又没肌肉,没嚼劲,肥瘦不均匀……你们到底哪来的自信,让我吃你啊?

"——吃你不如吃屎。"

小刘："你自己盘在这就和坨屎一样，居然敢说我！？"

龙："……"

说完这句话，小刘有点慌了。毕竟就算是吃屎，对于龙而言，自己也就是一粒屎的大小，就算吃不下，直接踩扁也是没问题的……

不过，过了一会儿，龙也就是甩甩脖子。

龙："……烦死了。"

"砰"的一声，仙气弥漫。一个黑衣服的青年人出现在小刘眼前，他头上带角，一脸不耐烦。

3

人实在是没什么好吃的，还总幻想着自己很好吃。

龙喜欢羊肉、牛肉、鱼肉和猪肉，次序按喜好排列。人肉这种东西，骨头硬、肉少、味道寡淡，外面还包着层衣服！吃起来实在不怎么美好。

小刘："也就是说，根本不是送人来给你吃就能解决的事情……"

龙："我说你们人类的脑子是不是有问题？送人来给我吃不能解决问题，你不会派人送别的吃的给我吗？"

小刘："所以你到底为什么总跑我们村里搞破坏啦！"

龙："当然是为了吃啊！"

小刘："可是你又不吃人啊！"

龙："谁说我是去吃人了？！我只是去你们村里的厨房找找，看有什么好吃的菜而已啊！"

龙对美食的启蒙，还是十几年前化作人形去山下村子溜达的时候。

他路过村子的小菜馆，有点饿了，正考虑要不要吃一两个人。有个光屁股小孩拿着块肉夹馍路过，问他要不要吃。

这一吃，从此，除却肉馍不是云，从此生肉是路人。

龙就惦记上了那个村子。睡醒了想起来了，就飞过去溜达一圈，想起来了，就飞过去溜达一圈……

小刘："……你就不能直接化作人形过来吃饭吗？"

龙："我没钱。"

小刘："……那就化作人形去赚钱啊！"

龙："我懒。"

龙真的是一条很单纯不做作的龙，能用蹭饭搞定的事情，绝不花一分钱。

龙："你待在这也烦人，去去去，我饿了自然会再去你们村的。

"一定要送人过来的话，别送其他的，送个厨子来就行。"

小刘一听就点了头："我就是厨子。"

4

小刘给龙做了一顿饭，很简单的菜——肉夹馍。

龙吃完了，久久没有说话。

小刘："你……觉得味道咋样？"

龙拍拍石凳子："来来来，刘师傅。坐下，咱好好谈谈待遇问题。"

小刘晋级成了刘师傅，就好像被皇帝宠幸过的贵人封了妃，日子过得十分滋润。

今晚做葱爆羊肉，龙就去给他抓羊。反正要牛有牛，要鱼有鱼……

有了刘师傅，龙从此就安心过上了被饲养的日子。谁敢动刘师傅，谁就是和龙过不去。

龙："今天能吃涮羊肉吗？"

小刘："不想做。"

龙："那我就去村里抓个人吃！"

小刘："好好好，涮羊肉……"

龙得意洋洋地出去抓羊了。

晚上的时候，龙吃完了涮羊肉，暖烘烘地盘成一坨，把小刘盘在里面睡了。小刘恨恨地在自己菜刀上刻了三个字——"屠龙刀"。

每隔一段时间，小刘就会回村一次，从自家餐馆里拿点调味料啥的带过去。村里人一看，嫁过去的厨子和龙过得还行，没缺胳膊少腿，纷纷放下心。

后来龙嫌小刘自己来去太慢，干脆直接背着他飞回村再飞回山里，还能一次性多背点酱油坛子回去。

小刘骑在龙背上，问："龙都对人那么好吗？"

龙冷哼一声："拉倒吧！你要遇到一条脾气爆点的，直接把你们村都淹了。"

大部分的龙都不会把人放在眼里，就好像人类看蝼蚁一般。

会把蝼蚁放心里的，大多就是圣人了……龙还没到那境界，心里装着的都是红烧肉、涮羊肉、水煮牛肉、肉夹馍……

顶多再捎上个刘师傅。

5

山下闹旱灾了。

这地方本来就不太平。起初,一条龙闹得人心惶惶,现在倒好,没太平多久,又闹起了旱灾。

龙住的山林也全都干旱成了一片黄土。但是对于龙来说这根本不是问题,大不了他带小刘飞一会儿,直接飞到东海去过日子。

可小刘要留下来。自己的家就在村子里,家里人现在不知道怎么样了。

龙说:"你回去又能怎么样?都没菜了,你怎么做菜给人吃?"

小刘还是要回去。老爹老娘在那,弟弟妹妹在那,从小看他长大的街坊邻里也在那。人就是这样麻烦的,不像龙,说飞就飞了,不会往回看一眼。

龙说:"那你回去好了,我走了,去东海吃鱼了!反正鱼生吃也可以,用不着你。"

"你走走走,烦死了,要走就走!"

小刘匆匆下了山。一路上,原本翠绿的山林都寸草不生,看得人很是不安。

但村里的样子还是吓了他一跳——饿殍遍地,每个人都饿脱了样子。他们见到小刘回来,纷纷围拢了上来。

人们问:"旱灾是不是龙干的?"

小刘连忙说不是:"和它没关系的!"

村民:"那,它为什么不来降雨救我们啊?"

龙其实并不会呼风唤雨,没人们想得那么神。但小刘说不清楚,他也没法让大家相信,龙平时就是个满脸不耐烦的黑衣青年,只要吃好吃的就能心满意足。

他只知道大家都疯了——活活饿疯的。一个人饿死,尸体马上就会被啃成一副骨架。可是小刘别无办法——村民的苦难都需要一个发泄点,他们想恨龙,可他们抓不到龙,便只能发泄在从龙那回来的小刘身上。

在小刘离开后不久,龙也飞到了村里,只见一道黑影沉沉压下来,惊起黄沙漫天。

龙:"刚才我家厨子回来了,他人呢?"

龙已经决定了,不管小刘答不答应,他都要把人带着走。

村民们一个个游魂般看着龙:"他说你能救我们……"

龙:"我怎么救你们?人世有人世苦,天界有天界劫,各自救各自。"

龙又不是圣贤,除了小刘,其他人没什么好管的。

但是,村民都知道,它是来找小刘的:"你救我们,我们便让你见他。"

可怎么救呢?村民们只想吃东西,无论是什么。树皮也好,观音土也好,人肉也好,龙肉也好。

他们围在龙的身边,看着龙的眼神,早已经不像人了。

6

龙让他们吃掉了自己的一部分血肉,算是救他们。但是村民吃饱后，就要让小刘出来和它走。

人们蜂拥到它身边，拿刀拼命劈开龙鳞，啃食血肉。起初只是微痒，后来就真的痛起来了……龙忍着痛，看着那些人拼命将血肉从自己身上割下来，往家里搬去。

有个小孩走到龙的眼前，迷茫地看着这一切。

龙轻声问他："……小刘呢？"

孩子指指路旁："已经吃掉了。"

路旁有一堆散乱的白骨。

孩子："小刘最后说，你可能会来找他，让我给你留一句话……"

孩子说，小刘其实记得，小时候给了过路的黑衣青年一个肉夹馍。

龙没有再说话，合上双眼，甩开了那些在它身上啃食的人，带着一阵血雨飞向天幕。

这个地方，终于下起雨了，虽然是红色的。

龙是不会因为这点伤而死的。只要龙骨仍在，就能白骨生肉。

但它还是在东海沉眠了很久，就是想一直睡下去。

龙不知道自己睡了多久。之所以醒来，还是因为它爹过来把龙拽起来。

龙王："你睡够了没啊？"

龙："……"

龙王："别每天宅在家里，都老大不小的人了！多丢人！"

龙："……"

龙王拿这个龙子没办法："去外面转了一圈怎么这样？天冷了啊，给我把秋裤穿上再睡。"

龙不肯穿秋裤。龙王就让虾兵蟹将拿来一条巨大的水草秋裤，强行给龙套上，黑龙马上就变成了一根毛茸茸的绿棍子。

龙："……我想去地府逛一圈。"

龙王："哎，睡醒了也不先去考天庭公务员，就知道去玩！"

龙套着一条秋裤，在海底扭来扭去，不听老东西絮絮叨叨，游去地府串门了。

龙去地府查小刘的去向——啥时候在啥村有个叫小刘的厨子，这个人死后投胎到了哪儿。

7

在京城旁边的一座山上，最近来了一条龙。

龙一来就把皇帝给吓个半死，因为这条黑龙绕着皇宫，飞啊飞，飞啊飞，飞啊飞……

皇帝还年轻，没见过世面，浑身发抖："您……您想要啥？我做个调研，发个问卷，调查一下客户需求……"

龙："我要你帮我查个人，这人应该出生在杭州，现在住在京城，男的，大约这个岁数，这个生辰八字。"

皇帝："您这让我怎么查啊！"

黑龙："那我就去吃几个王子公主。"

皇帝："好好好马上帮您查！"

朝廷看着那条在皇宫上空飞来飞去，一会儿扭成"N"一会儿扭成"B"的龙，倾尽举国之力查那个人。过了一个月，龙又飞过来在皇宫上空绕着圈飞。

龙:"找到了吗?"

皇帝:"找是找到了……"

龙:"那就给我听好了,三天之内,给我把你们找到的人进贡到南山上,否则……"

皇帝吓得昏了过去。

龙优哉悠哉地在南山顶上等了一天。第二天一大早出门一看,果然,家门口停了一顶轿子,轿夫早跑得没影了。

龙变成人形,屁颠屁颠过去,拉开帘子一看。

龙:"卧 X,怎么是你啊?!"

轿子里坐着的是给五花大绑着、一脸生无可恋的皇帝。

——出生在杭州,现在住在京城,男的,大约这个岁数,这个生辰八字……这样的人,京城只有皇帝一个。

皇帝泪流满面。一条龙威逼着全京城人,要把皇帝送到南山上进贡。大家一拍脑袋,反正龙是龙,真龙天子也是龙,就算是一家人了,那不就是送皇帝回家吗!

……当天夜里就宫变了,把皇帝给五花大绑,塞轿子里送出去了。

不过皇帝也只能叹口气:"唉,也好,我本来就不想当皇帝,也不知道怎么的就当上了,还没法辞职……"

这是正常的。小刘原本命数里没有龙气,全是和龙打交道多了,才能带着龙气投胎转世。这和命里带去的龙气不一样,明明原本是个出生在杭州和皇位八竿子打不到一块儿的皇子,最后阴差阳错当了皇帝。

所以,皇帝小时候,从来没想过当皇帝。

龙:"那你想当啥?"

皇帝："厨子。我从小就想当厨子……"

龙一拍大腿："这就成了！来！从今天开始，你想怎么当厨子，就怎么当厨子！"

皇帝："真哒？！"

龙："真的真的！"

皇帝："那我告诉你，我可会做肉夹馍了你知道吗！我也不知道咋学会这道菜的，反正天生就会做，要不，今晚我做一个肉夹馍给你尝尝？"

不管怎么样，龙和小刘，这辈子算是过上了一个愿做，一个愿吃的日子……

◇ END ◇

钓龙

♥ 文/ 暑假

毒辣的太阳晒得人喘不过气,丸子百无聊赖地向村外走去。

已经几个月没有下雨了,出门就像是炼狱,烤得人连心都慌了。

一阵风吹来,黏糊糊的,丸子眯着眼睛抹了一把汗,加快了脚步。

这场大旱还不知道要持续多久,方圆几十里早已是一片衰败的景象。

旱年就要来了,大家知道饥荒的厉害,纷纷缩减了家里的口粮,丸子这样的皮孩子当然吃不饱,准备出来寻点儿吃的。

为什么偏要往村东头走?不仅因为村东头有野果子,还因为那里有一个奇怪的人。

奇怪的是个道士,光秃秃的一片地上有一棵大树,奇怪的道士就整日在树梢上打坐,已经一个星期了。

丸子走出村口,顶着太阳又走了好大一截。丸子很好奇,看那道士不像坏人,他走到树下望着道士。

大树发出一股腥臭的味道,丸子仔细看,树上全是奇怪的红色符号,不用说,肯定是这个奇怪的道士干的。

道士睁开眼睛，斜瞥着丸子，微微一笑，从怀里掏出一个梨子扔到丸子手里。丸子嘴唇都干了，立马接住梨子吃了起来。

道士大笑："小孩儿你怎么跑这么远到这里？"

丸子吧唧吧唧嘴，回答到："我饿得慌，就出来找找吃的，不过这里好大的怪味啊。"

道士用手捋了一把胡子，说到："这树上涂的是鹿血，那家伙喜欢，我等它好久了。"

丸子好奇地问："什么家伙？"

突然一阵风吹过，树上的叶子摇得像铃铛一样。道士眉头一皱，赶忙挥手让丸子走开："小屁孩儿，快回家，那东西就要来了！"

丸子挠挠头问到："那到底是啥东西啊？"

道士做了一个鬼脸，折下一根长树枝吓唬丸子说："吃人的妖怪，正好我要个诱饵，再不走你留在这儿当诱饵吧！"风吹得奇怪，就围着这一棵树转，其他的地方却没动静。

丸子赶紧跑开，不过他舍不得跑远，偷偷在不远的一个草堆旁边趴着往树那里看。

丸子又往阴凉的地方挪了挪，看见天空正有一团黑色的云在翻滚着，那云很奇怪，一股不舒服的感觉在他心里蔓延。

再看那道士从挂在树上的布包里拿出了一个黑猪头，穿上线吊在一根树枝前面。他把树枝往前举在空中，就像是在钓鱼，而钓饵是一个猪头。

天空那团奇怪的黑气翻滚得更厉害了，就像是有什么东西在里面，按耐不住想要冲出来。

那道士一动不动地举着树枝坐在那里，仿佛什么都没看到一样，他盘着腿闭上了眼睛。

突然地上的草和落叶都向天空中旋去,像是有什么东西吸引它们。终于,从那团奇怪的云中钻出了一个奇怪的东西。

从黑云里出来后,那怪物像蛇一样游在空中,头上生了两个大角,遍体乌黑,黑须飘荡,正是一条活生生的龙!

那黑龙像是被什么东西吸引,缓缓地从空中游下,向那个散发着腥味的大树游去。

天空昏暗了下来,这种感觉就像是日食,半明半晦,那黑龙飞到了树上方丸子才发现,它竟然足足有十几米长,身上还披着一层厚厚的鳞片!

丸子有点害怕了,一动不动地趴着,连大气都不敢出。

那龙悬浮在树前,黑气弥漫,张开大嘴就去咬那个猪头,道士突然睁开眼睛反手从屁股下面抽出一张网甩到黑龙身上。

黑龙被网一惊,发现了道士,扭头就往天上逃。那网是用稻草编成的,但是好像有千斤重,黑龙顶着它根本就飞不起来,只能在半空中焦急地打转!

也许是急了,黑龙突然反身向道士冲去,道士一个翻身下树,那树上瞬间留下了几道凌利的爪印。

道士又从怀中拿出一个酒壶,扔到空中,口中念念有词,然后大喊一声:"破!"

酒壶爆裂开来,里面装的却不是酒,而是浓浓的墨水一样的东西。那黑水随着酒壶的炸裂沾染了黑龙一身,黑龙惨叫一声,丸子听着那叫声像是水牛。

黑龙又绕着树转了两圈,重重地摔到了地上,道士取出红线将龙角、龙爪全部捆起来，一屁股坐在地上喘着粗气。

黑龙好像已经被制服，这道士钓到了一条大龙！丸子害怕它突然飞起来把自己吃掉。

道士休息了一会，好像下了很大的决心，用木剑生生划破了自己的手掌，血迹染遍了木剑，他暴喝一声，将剑插进龙头。

黑龙剧烈地挣扎，眼睛暴突，张开了嘴巴想吼却吼不出来，一会儿便没了动静。

道士跑到十几米开外，双手结了一个奇怪的印，对着黑龙喊了一声："灭！"

那木剑突然燃烧起来，火势凶猛。只是那火焰是奇怪的紫色，丸子睁大了眼睛，火烧起来以后道士像透支了一样再次瘫坐下去。

丸子浑身燥热，见那黑龙和大树瞬间都被火焰吞没，火势却没有继续蔓延。

道士从怀中又掏出一个梨子，吃着吃着吐出一口鲜血。

他突然仰天哈哈大笑，笑声狂放爽朗。

过了一会儿他疲惫地站起来，扭头对远处的丸子喊到："小孩儿，快回家吧，要下大雨了！"

丸子听到这里，一个激灵便翻出草堆往家里跑，跑了一会儿再看看那大树和黑龙都已经被烧得干干净净了，隐隐约约还能看到那个奇怪道士踉踉跄跄的背影。

狂风大作，乌云密布，丸子刚跑到家，豆大的雨点便从天空落了下来，久旱逢甘露，村子里的人都高兴地在雨里跳舞，到处是开心的笑声。

丸子晚上把白天看到的事情偷偷跟爷爷说，爷爷听完一把拉着丸子向东边跪下。

爷爷颤抖着身体,双手合十,口中不停地说:"多谢仙道、多谢仙道救命之恩!"

爷爷后来对丸子说,他碰到的是道士在钓龙,不过那道士钓的是一条恶龙。

民间传说,恶龙盘云,大雨久积不下,会导致大片干旱。

但是恶龙也是龙,龙是天物,非法力高强的人不能除去。爷爷又说,钓龙难,而且杀龙还会遭受天谴,一命得抵一命。

爷爷说到这里,叹了口气:"估计那仙道也没多少日子了,丸子你要记住他,他是为了救我们而死的。"

丸子认真地点了点头。

那年的稻子虽然大量枯死,但是活下来的那些勉强撑住了大家的吃喝。

第二年秋后,方圆十几个村子一起出钱在丸子那个村的村口盖了一座道观,道观里立了一个石像,石像的样子就是按丸子对道士的印象一点点雕刻出来的。

有时候丸子跑过那个道观,会突然想起那个可口的梨子,再看石像像是突然活了,长须飘飘,还像那天一样,对着天空哈哈大笑。

◇ END ◇

那个男人来自深海

♥ 文/ 楚临澜

1

传言,万丈深渊水止之处即有龙宫,水精为柱、虎魄为瓦,金碧辉煌,五步一珍奇。其外有结界,非寻常人等可见,唯神明可以入内。

勾栏里的说书人萧生极尽口舌之能,将龙宫说得是天花乱坠,一众嗑瓜子听众也是深信不疑,瞪得眼睛溜圆,似是全然忘记了二十年前被黄河大决堤所带来的恐惧。

台上萧生一身月白衣衫,灵秀的眉眼,正喷得口干舌燥,他抚尺一下暗暗咽了口唾沫:"龙宫里有人脑袋那么大的夜明珠!"

"哎呦喂是吗!"

"龙宫里有槐树那么大的珊瑚!"

"哦我的天呐!"

"龙宫里有能让人起死回生的宝物!别说人死了,轮回了都能再给你薅回来!"

"是吗啧啧啧啧啧!"

"还有那个龙王,他……蛇身、兽腿、鹰爪、马头、鱼尾、鹿角、鱼鳞,形象不堪,性情暴虐,害过无数条性命,我今儿就说一番他的轶事传闻。"

例行吹上了一通后,勾栏散了场。

负责写词儿的于公子依旧是最晚一个走的,他极有诚意地夸赞道:"萧兄扯……呃,说得真好。"

萧生和善微笑道:"词可是于兄写的。"

于公子脸上露出一个"不听不听王八念经"的表情后适时地转移了话题:"不知今日萧兄是否有空,可否与于某人共同饮上几杯酒去?"

"小生荣幸,但是还有别的事情要处理,改日吧。"

"怎么,难不成还赶着回去跳海去不成?"

"差不太多了。"

于公子笑得快劈了叉,便不再提,只是临走的时候问得突兀:"萧兄,传言龙宫有使人起死回生的宝物,你信吗?"

"不信的。"

萧生托着腮打了个哈欠。说真的,他哪里知道什么龙宫的事,说得跟去过似的。

就像他都不知道,龙宫里现在有一个低气压笼罩着的龙王爷。

2

龙王最近心情不是非常好,并且失去了化悲愤为食欲的能力。他闷闷降了几场雨方才收工回家，面对一桌子的菜没有太大的胃口，搅拌着海水浓汤时，他想来想去尽是些烦心事儿。

比如说，自己家的定海神针被猴儿抢了。

比如说，自己家的妹子被猪拐了。

又比如说，有个拿红布条和呼啦圈的小孩儿天天来闹海。

……

他想着这些，叹了口气摇摇头道："吃不下啊。"

于是一旁眼巴巴瞅着的、极富眼力的紫菜精立马利利落落收拾了桌子。

龙王还没愣过神儿来，一拍桌子吼道："回来，我还没吃饱呢！"

紫菜精有点懵，答得委屈："大王不说不吃了吗？"

龙王又是一拍，道："我说什么你就信什么啊？！"

紫菜精宛若打开了新世界的大门，恍然大悟后略一沉思，小心翼翼问道："那大王，人间那孙子今儿又跳海自杀了，您见不见？"

龙王摆摆手十分不耐烦："不见不见不见。"

紫菜精得了令乖巧点头："得嘞！"

紫菜精把萧生扛过来撂到龙王面前的时候，场面一度十分尴尬。

……

龙王把萧生来回翻了一个个儿，蹲在年轻人身边琢磨着。

其实跳海自杀这事儿很平常，要命的是龙宫的结界竟然拦不住这小子。

龙王突然老泪纵横就想到了第一次见这小子的情形。

那是龙王第一次主场相亲，相的还是隔壁水域龙王的千金，那位龙公主生得叫个貌美，龙鳞似白玉般晶莹剔透，龙王正想好好表现抱得美龙归，忽然从天而降一个不明之物，"吧唧"脸就埋到龙王汤里了。

最怕空气突然安静。

龙王为了形象强忍怒火，把人翻了个面儿，然后看到了一张俊俏的脸。

他抡起年轻人，把他扔上了岸。

几天后，萧生在家里喝汤，突然窗外就飞来一条龙，二话不说一脑袋扎汤里了，然后顶着一脑门儿蛋花儿嗷着："我就问你气不气？气不气？！"

萧生满脸尽是沉着冷静，然而五秒后："夭寿了有龙！"然后"哐当"栽到了地上。

龙王给他清除记忆的时候有点后悔，冲动了冲动了。

龙王以为这事儿就算过去了的时候，萧生又跳海了。这次还好，没砸着汤，众鱼目睽睽之下他直接砸到了龙王身上。

龙王觉得自己的自尊受到了很严重的打击。

把萧生重新扔到海滩上后，龙王一个人在后院儿坐了一天。

他是噙着泪问紫菜精的："我还帅吗？"

紫菜精一个劲儿地吹着："帅啊，怎么不帅了，您倒下去的时候动作特别优雅，绝对不是等闲之辈做得到的。"

龙王扶额："在我想打人前麻溜出去。"

不是，他这龙宫里到底都是些什么生物啊。

紫菜精溜溜地跑了，心想大王的心思真难猜，跟老龙王一个脾气。

龙王是相信再一再二不再三这个说法的。

所以这次他瞧着这昏迷的萧生陷入了漫长的沉思。

3

　　紫菜精在一旁看得心急，觉得自己大王这么死盯着一个人类小伙子也不算个事儿啊。

　　他想了想小心翼翼提议着："大王，要不咱弄死他算了。"

　　龙王叹了口气语重心长地教育他："这毕竟是条人命，怎能说杀就杀。对了，今天他掉哪儿去了？"

　　紫菜精道："大王说得对。哦，他今天掉到你妹的闺房去了。"

　　龙王："……我打死他个鳖孙！"

　　好在龙王是一条自律的龙，虽然在想打萧生这件事上他克制得很辛苦。

　　龙王一股水流把年轻人浇醒："嘿！小子醒醒醒醒，还想吃了午饭再走啊？"

　　年轻人的眼睫毛颤了颤，继而缓缓转醒，略略睁了双眼，一举一动尽是文人雅意，而后突然——

　　"夭寿了有龙！"哐当——

　　历史总是惊人的相似。

　　龙王沉默了一下，再次把他弄醒，年轻人便再次昏厥。如是反复了十几次，龙王感觉很委屈。在委屈的同时，他做出了一个艰难的决定。

　　化作人形后，他心想，哎，我还是龙型比较好看。

4

　　弦月星子碎了满江面，午夜风凉。

　　萧生重重打了个喷嚏后醒过来时看到身侧有人。是位二十出头的男子，一袭黑衣，墨发散绾，眼中似有江河日月，正托腮死命盯着他。

　　萧生觉得遇到的可能不是好人。

　　"不客气，是我救了你，非常英明神武那种。"龙王说得特别溜。

　　萧生被噎了有几分钟："那兄台的衣服为何还是干的……"

　　龙王想了想，回答："吹干了。"

　　年轻人欲起身时腿脚有些无力，晃晃悠悠站起来时得到了龙王恰当地一扶。

　　他拱手道："小生姓萧，多谢兄台相助，不知兄台尊姓大名？"

　　龙王点点头答道："我姓……"一个"敖"字未脱口时他忽然改了主意。

　　"我姓龙。"龙王如是说。

　　萧生挠挠头问："道理我都懂，但是你说自己姓龙前嘴巴张那么大干吗？"

　　龙王瞥他一眼："我换气行不行？"

　　萧生看着眼前人面无表情地扯淡的时候就知道此人不简单，虽是心下有意感谢，但此时怎么说也不是时候，便拱手道："今日多谢龙兄相助，改日定当……"

　　龙王毫不客气地打断了他，问着："你今天有事儿？"

　　萧生一愣，摇摇头。

"走起，去你家喝酒。"龙王走了两步觉察萧生没有跟上来，回过头来使了个眼色道，"愣什么啊你？"

萧生倒抽了一口冷气。这个预感不是非常好。

其实萧生心下觉得古怪，他这跳海自杀的打算不是第一次了，每次都有一种自己已经死过了的错觉，然后醒来就是躺在海岸上。这次好不容易真跳海成功了，还被这个家伙给救了。

这就比较神奇了。

说不准背后有什么天意呢？

龙王读着萧生的心思，一边走在前面一面悄无声息地翻了个白眼，心想：哪门子天意，你的天意就是把我气够呛累够呛。

5

萧生的住所充分展现了浓缩就是精华这一真理，龙王比划了一下，侧着身进了门。

萧生接收到龙王一个意味深长的眼神后，轻咳了一声说道："龙兄，你该减肥了，你觉得呢？"

龙王有些不服，其实反正都是一个响指的工夫，他明明变出来八块腹肌，而且他真身的时候其实很注意保持身材，但是他不能把真身显露出来。

萧生弯着腰找了很久，"哐当"把一坛子酒搁在了破旧不堪的木桌上，排出两个缺口极其对称的碗来斟满，对着龙王说："干。"

有心事的人总是容易醉的。

龙王看着萧生喝到酩酊时，又细细把萧生做了一番打量——萧生虽生得俊秀，然而总有些不对的地方。人言眉骨发白印堂发黑田宅宫黑双眼暗淡卧蚕发灰颧骨色暗，占一则时运不济命途多舛，然而萧生巧妙地避开了所有好面相，将这些统统占了个全。

换句话说，活该他倒八辈子大血霉。

龙王心想：救错了救错了，都混到这个份儿上了其实还是死了算了比较好。

他把萧生自杀的原因猜出了个八九分，不过出于礼貌他还是适当地问了一句。

萧生喝得晕晕乎乎，抬起似有千斤重的脑袋来，给了龙王一个尴尬而不失礼貌的微笑："科举不第。"

龙王松了口气："那算什么，再考啊。"

萧生摇摇头："没机会了，龙兄，你不懂。"

他是不懂，但是只要他愿意，无非也就是个动动念头就完成的小事儿，萧生既不说，那全当他活该。

其实外面是没有雨的，可是龙王隐隐约约听到了雷声。

6

萧生一觉醒来时，天已大亮，他看到龙王在读自己的文章。问他感觉文章如何时，龙王赞不绝口："写得真齐，还没错别字。"

萧生觉得龙王可能喝了假酒。

龙王是认真看了萧生之作的，皆是锦绣文章，如此大才朝廷不用，着实可惜得很。

当然这个还是次要的，主要是为了自己以后过上安心日子，龙王打算帮萧生过上好日子,如此一来萧生就不会跳海了。

完美的计划。就这么决定了。

龙王仔细制定自己的计划的时候,萧生看着这个死赖着不走的家伙多少有点尴尬,他斟酌了一下言辞后说道:"那个,龙兄,我们改日再会?"

"咋了,这是要赶我走了?"

"不不不,我没那个意思,就是……"萧生思索了一番,抬起头来瞪着一双清亮的眸子说得诚恳,"我是个不祥之人,先克父后克母,如今孑然一身穷困潦倒,做什么都做不成,就像天生厄运缠身一样,也会给周围人带来不幸,我怕会给你带来霉运。"

龙王笑得不行:"你还信这个……"

话未说完,屋顶一块碎瓦砸他脑门儿上了。

对视上萧生"你看吧"的眼神,龙王觉得,这个计划还是再修改修改比较好。

7

其实帮萧生这件事很大一部分原因是龙王真的很闲。他这些年在接过父亲衣钵掌管一方降水工作上没有任何压力,前几日天庭工作总结大会的时候玉帝也当众表扬了他,但是——

"诶?你怎么还不走?"

干吗啊这是?一句夸奖就完事儿了?加薪呢?升职呢?奖励呢?这算什么玉帝,简直……

玉帝笑得和蔼极了:"朕能读你的心思。"

简直英明神武万岁万岁万万岁!

临走时玉帝还意味深长地说:"好好干,别像你父亲。"

其实他要是不提,龙王都快忘了自己是有那么一个爹,虽然他才死去二十年。

那次他爹醉酒导致黄河决堤后,天庭律法里加了一条"降雨不喝酒,喝酒不降雨"。

总之他稀里糊涂就接管了这片水域。

"求你了龙王!不要再下雨了!不要再下了!"江水滔滔。龙王又梦了相同的场景。

龙王醒过来时眼前是一颗硕大的紫菜。

紫菜精是来问龙王什么时候回去,再不回去那边都瞒不住了。

龙王瘪瘪嘴,答道:"不知道,玩够了再说,反正近来算是难得的空闲,就想看看人间。"

"大王,人间有什么好玩儿的?那么肮脏杂乱,哪有咱们龙宫好?"

龙王瞥他一眼,"不然呢?回去看皮皮虾们编排的新舞吗?"

紫菜精看了龙王一眼,突然"哇"一声哭出来,"大王你是不是嫌弃我们了?"

龙王此时的表情如同在看一个智障。

"好了好了。"被哭声扰得心烦的龙王拂袖间将紫菜精变作了小童模样,"带你玩成了吧?"

其实龙王也是想留下来听听自己在人间的风评,他觉得自己是时候改善改善形象了,至少得让"龙王风流倜傥一个月泡了四百多个大姑娘"这种流言消失啊!

8

春来柳如烟,勾栏今日亦是人满为患。

龙王轻轻一跃坐在了横梁之上,手里还有一把刚刚抓来的瓜子花生。

待萧生于后台简单整理了装扮,长身立于台前,抚尺一下,人模狗……啊不是,是有模有样。

"今日来说,这龙王为祸人间时,有几位聪明机智的少年郎团结协作,把头脑简单的龙王玩弄于股掌之间的故事……"喝彩声经久不断此起彼伏。

龙王有点受伤,他指甲嵌入横梁的木头里"咯吱咯吱"地响,险些给掰断。

紫菜精说:"大王大王,要不要我去弄死这小子?"

龙王听到兴起,皱着眉磕着瓜子:"等他讲完再说。"

龙王听到散场也没有想着去弄死萧生,因为他讲得实在是太刺激了。龙王从横梁跃下后想找萧生谈谈人生时,赶巧遇上也正要与萧生攀谈的于公子。

这大兄弟长得太大众脸了,龙王竟然有点眼熟的错觉。

待到于公子走后,龙王才说:"讲得不错啊老萧。"

萧生道:"龙兄过誉了。"不过一个在自谦的人,脸上却是一副快要哈哈哈笑出声来的表情,着实有点不可信。

龙王还是多少有些不甘心的:"对了关于你说的龙王的形象,其实作为龙来看不算磕碜。假如,我是说假如,他变成人了,说不定还挺好看的？"

萧生便笑："不会不会，他那般模样若是变成人了也顶多是个秃顶发福蒜头鼻子耷拉眼的糙汉，难道还会像龙兄一样玉树临风不成？"

后来萧生那天晚上被人麻袋蒙头打了一顿，往死里揍只留口气那种。

龙王帮他上药的时候，萧生欲哭无泪，道："到底是谁打我，谁啊！我从来没得罪过任何人啊！"龙王想了想道："可能是单纯看你不顺眼，哎太可怜了太可怜了。"

萧生疼得倒抽着冷气，说得有气无力："龙兄，有件事能不能拜托你？"

"你讲。"

"你在假装关心我的时候，能不能不要笑得这么开心。"

9

龙王有着正确的审美观，所以自己幻化的模样格外的俊朗，这给他的日常带来了一些不便。

满头珠翠遍体绫罗的姑娘"哗哗"往怀里钻。

"哎呀，不好意思，这位公子，怪我不小心跌了一跤，谢谢公子。"怀里的姑娘说得娇羞，脂粉味浓得刺鼻。

种族不同怎么可以谈恋爱？龙王思考了一下，灵巧地一闪，看那姑娘栽地上："客气了客气了。"

久而久之龙王拒绝得也烦了，他想到了绝妙的一个方法，那就是再有姑娘来，他就举起萧生的手，还是十指相扣那种。

一般姑娘们就"嘤嘤嘤"抹着眼泪跑了。

萧生很委屈，毕竟他还没有娶媳妇儿。

久了萧生便发现出不对劲儿来，龙兄随时随地都能出现在自己身边，就像不用吃饭不用睡觉一般。萧生打了个冷战，开始害怕自己是不是惹上了什么断袖之癖的人，那就太可怕了。

萧生问："龙兄，你每天这么盯着我干什么？"

龙王道："怕你寻死，我辛辛苦苦把你给救了，你一死我算不算血亏？"

"……龙兄这就是多虑了，前段时间怪我冲动，现在你就是要我去死我也不愿了。"他顿了顿又补充道，"龙兄若无事，与我同去瞧瞧也好。"

10

龙王跟随萧生七拐八拐才到了一个小村子，远远便看得到一个扎了羊角辫坐在门槛上的小丫头，破旧的红袄映出小脸通红，唯一双大眼睛黑亮亮的惹人怜爱。

龙王沉默了一下，心想自己女朋友都因为他告吹了，这孙子竟然连闺女都有了，还丢到乡下不要了，一本正经对萧生说得诚恳："你禽兽。"

萧生一脑门儿黑线："不是你想的那样！"

"快说，她妈是谁。"

"他妈当然是我朋友的夫人啊。"

"我的天，老萧，禽兽两个字已经不足够形容你了，你还真是朋友之妻不客气啊。"

"瞎说什么呢！？他爹是我朋友啊！"

一来一回好像声音大了点儿，那户人家突然出来一位老妇人，把小丫头抱回了屋子。

萧生在门前愣神了片刻，将几锭纹银放在了那户人家门口。

龙王看着，说得诚恳："其实你不想要也是可以给我的。"

11

两年前，萧生与友人一同赶考。那日天降大雨，考场内外都乱了分寸，萧生发现自己拿到的考卷是做了特殊处理的，大雨慌乱中，考官发错了试卷。

萧生怒斥考官徇私舞弊。此事当年造成大乱，考官畏罪自杀，查不出参与舞弊的考生都有谁，所以全体的考生也都取消了成绩，永不录用。包括萧生和友人。

不久，友人自缢身亡，留下老母与幼女。

龙王隐隐约约想起两年前那场雨。

其实下雨这件事天庭是给量数规定的，不过只是一段时间内要求总计降雨多少多少，具体降几次，每次降多少，还是具体看龙王的，毕竟只有他是专业的。

而那次，龙王其实是打算第二天再降雨的，只是因为次日人间定了舞龙舞狮的热闹演出，他想看得很，不忍心因为天气原因被取消，所以干脆提前了一天。

一念之差。

萧生就这么慢慢讲着，不自觉带了点哭腔。

"别哭了,特难听。"

"哇——"

龙王不后悔那场雨,可是他却无意中害死了一条人命。

萧生看着龙王愣了神思、心有郁结的样子,苦笑着:"龙兄不必为我难过。"

"谁谁谁难过了,我饿了,请我吃饭。"

龙王心里有了个主意。

12

萧生仿佛真的看开了,日常依旧该说书说书,还越说越离谱,依然抠门得恨不得一文钱掰两半花。龙王感叹着,没心没肺的人活得真轻松啊。

可他自己心里还有个结,刚开始是活扣,后来越拧越乱,成了个中国结。

后来他听萧生说书时大多心猿意马。

"今儿咱们就说一出二十年前黄河决堤之事。"萧生抚尺一下,突然就有姑娘磕着瓜子道,"不听不听,陈词老调,讲讲你和龙公子的故事!"

萧生面带微笑着暗暗把指关节压得"咔吧咔吧"作响:"放心放心,今天讲的绝对和你们以前听的不一样。"

"话说这小龙王啊,太过年轻,分明难以操控降水点数,却硬要逞能,趁着父亲龙王熟睡,偷了降水的神器去江岸布雨,玩到兴起时见降雨过大却无法收回,导致了黄河决堤,两岸百姓死伤惨重……"

龙王本来横坐在梁上依然想着那户人家的事，料知萧生一直信口开河也听腻了，就没太入心，听到这里却突然心下一惊。

"龙王爱子心切，自上天庭请罚，说是自己醉了酒降了过多雨水。后来龙王被天庭处死，才有了今天的新龙王……哎你干吗？"

龙王冲上了台一把掀了桌子。

"不是这样啊，我没有害死那么多人，我没有啊。"

萧生被这一闹闹得茫然，正想走近些去劝一劝，却不期对视上龙王一双哭得通红的眼睛。

"这都是谁告诉你的，谁？！"

角落里笑着饮茶的于公子轻声答了句："正是在下。"

龙王拂袖让萧生好好睡了一觉。

于公子几步缓缓走上前笑道："龙王，我等你很久了。怎么，敢做不敢承认？"

龙王咬着牙说："你到底是怎么知道这些的？"

"以命换天机，我运气好得很，二十年了，小有所成。"于公子只是笑，"我一直让萧兄讲你那些故事，有真有假，就是为了等你出来。"

"你到底想干什么？！"

"我想让你死。"于公子说得平静，"我是那次黄河决堤幸存下来的人，我全家只有我死里逃生。我知道真凶不是你父亲，他改了你的记忆，你也一直觉得他是个罪人吧？你一天不死，我就一天不甘心。"

"你知不知道我随时都能让你死？"

"你下不了手。"

龙王真的下不来手。他眼中的杀气一瞬间全都化为乌有。

13

　　他想起来了。他本来只是想证明自己长大了,可以独自去降雨了,可是事情为什么会成为后来那样呢?

　　"龙王啊,你睁开眼看看啊,求你不要再下了!黄河快要决堤了!求你了!停下吧!快停下吧!"太守跪在江边老泪纵横,花白的头发在狂风中散乱着,他的嗓音沙哑而苍凉,依偎在他身边瑟瑟发抖的是个幼童。

　　那眉眼,就是于公子。

　　"是不是很恨自己?你看你,除了会害人性命还会干些什么?黄河决堤的事是你,害死你父亲的也是你,害死萧兄朋友的也是你。"于公子弯下腰来,翘起的嘴角在微微发抖,颤着苦笑的模样让人不寒而栗,"你真的还有脸在世间苟活吗?"

　　"不要再下了啊,快停下!为什么,就停不住了呢?"

　　江水滔滔的巨响掺杂着房屋倒塌、百姓哭喊的声音,震耳欲聋。庭前还有初开的花,街口还卖着刚出锅的糕点,幼童在结伴玩耍。瞬间,全部都毁灭了。

　　他茫然伸出右手来,看它幻化成利爪,对准了自己的心口。

　　在那前一秒,他被萧生一梭子敲晕。

　　萧生把龙王背了起来,背回家的路上,紫菜精一面跟着跑一面哭得像号丧:"大大大大王我真不是不听你的话,是我让这小子醒过来的,不然我怕你真死了,你真死了我们可怎么办啊,呜哇——"

14

龙王醒过来后没和任何人说话。

萧生坐在床边叹着，说："龙兄，我又想死了，你能不能再好好劝劝我，说说你之前那套大道理什么的？"龙王不理。

萧生又道："于公子死了，服毒自尽。他一生只等这一天，他能做的只有这些，无论事成事败，他一生的意义也就止于此处了，往后哪怕百年也只是空活罢了。"

龙王的眼睫毛颤了颤。

月光正好，清清冷冷。他在深山喝酒，一坛接着一坛。

身后山林窸窣响了响。萧生披荆斩棘才爬到山顶，气喘吁吁道："可找着你了，你下次能不能去个好找的地儿？别多心，你耍帅可以，倒是自己买酒啊，我心疼我的酒！"

龙王沉默了三天，终于在第四天对萧生说："说真的，你这次怎么没晕过去。"

"……一个爪子什么的，我还是能忍忍的。"

龙王垂了眼睫毛后又蓦地抬了眼，说："老萧。"

"怎么？"

"其实，起死回生亦无不可。"

萧生猛然一拍脑门儿，想起来自己都吹过，不是说龙宫有让人起死回生的宝贝吗？

龙王摇摇头，道："什么宝贝不宝贝的，能让人起死回生的宝贝就是我。"

"你？宝贝儿？"萧生有点懵。

龙王沉默了一下："……唉。"

路过的紫菜精恰巧听得最后两句话来，心下一急，完了已经开始改称呼了，大王好像弯了。

15

奈何这是有条件的，死亡时间不能超过一年。

于是龙王复活了两个人。一是萧生那位朋友，二是于公子。

龙王没告诉任何人，于公子复活之后对他说了一段话。

"你会死的，你的弱点太暴露了。"他指着龙王胸腔偏左的地方，笑得癫狂，"你会后悔的。"

龙王不后悔。

萧生松了口气："原来复活这么简单，对了，你能不能把我的翠花复活一下？"

"……谁？"

"小时候我家养的猪，跟我玩得可好了，后来养肥了被家里杀了。"萧生说到这里抹抹泪，然后擦擦口水，"其实红烧了挺好吃的。"

龙王转过头看他一眼，说："你知道什么是天道吗？"

萧生一时没反应过来，还未回答时，便听得龙王继续自顾地说道："天道，就是自然法则。你永远不能触碰的界限。如果你做了有违天道的事，就比如说，你这骨瘦如柴的模样，硬要去一口气跑八万里，你会怎么样？"

"呃，会挂？"萧生觉得这个比喻好笑。

龙王点点头。

萧生突然明白了过来："那你……"

龙王轻蔑地笑了一声："怕什么，你不都说过我是有无数条生命的吗？"

萧生便情不自禁夸了起来："厉害了我的龙王，稳赚不赔。"

龙王还顺便帮萧生和他的友人重回考试名单。转眼考期又至。

16

就像什么大风大浪都过了一般。萧生看龙王已恢复了吊儿郎当的模样，终于放下心来安心备考。一晃又是考期。

萧生如坐针毡。龙王看他在房子里一圈一圈地兜来转去看得眼晕，问道："有没有什么能让你安心下来？"

萧生想了想道："一场雨吧。"

他第一次看到龙王布雨，龙王的发被狂风吹散，在最深的云中恣意潇洒。

那天他们在屋檐下看了一天的雨，久了，萧生便乏了，歪着脑袋枕在龙王肩头，呼呼地睡着了。龙王看着睡得香甜的萧生，觉得氛围有点诡异，他打骨子里还是条笔直笔直的龙，他心想，这人怎么这样啊？怎么能占我便宜啊？！

萧生咂咂嘴，梦呓着："龙兄，你今儿贼帅。"

龙王叹了口气，心想：算了算了，反正又没鱼看到。

17

萧生与友人一举及第,顺风顺水官至高位。龙王觉得了了一桩心事,这感觉真爽。

萧生请龙王喝酒,京城的珍馐不尽其数,再也不似第一次见面时那般寒酸。龙王也编不出什么特别感人肺腑的离别感言,所以选择吃吃吃。

萧生奉酒,道:"龙兄,多谢你这么多年的帮助,我……"

龙王打断他:"再这么客气就不帮了。"

萧生改口:"那就不谢了,毕竟我这么玉树临风,帮我也是应该的。多少人想帮我我都不给他这个机会。啥都不说,干,全在酒里了。"

龙王点点头:"这才是我认识的那个厚颜无耻的你。"

萧生便提议结拜为兄弟之事,龙王只是吃,摆摆手敷衍道:"随便吧。"

他也是时候告别了。

然而天有不测风云,不出半年,萧生锒铛入狱,只因在朝廷进谏忠言惹怒了权贵,便遭诬陷,终至入狱,而且死期将至。

龙王一边暗骂这小子点子怎么这么背,不帮了不帮了,一面急匆匆要从龙宫赶过去,却突然收到了天庭的召见。

18

萧生遍体鳞伤趴在潮湿昏暗的大牢内,时而清醒时而昏厥,他一生不过是信奉着习得文武艺报与帝王家,生也是为这个念头,死也是为这个念头。想着这些时日来的事他觉得可笑的很。

再度清醒时,他便看到了龙王。

喉咙疼得很,他笑:"龙兄,这半年跑哪儿去了都把我给忘了?"

龙王突然吼着:"别扯犊子了跟我走!"

19

原来,萧生并非凡人,他本位列仙班,还是龙王父亲的朋友。

二十年前事发后,是他协助老龙王瞒过了所有人,让龙王逃过一劫。老龙王死后,天庭却又将此事查出,玉帝怒不可遏,奈何一方水域不可无龙王,遂将此事压了下来,放过龙王,但是罪总是要罚的,玉帝便将萧生贬下凡间,生生世世命途多舛不得善终,所以自幼事事不顺。这是命。

凌霄宝殿之上,龙王的头疼得厉害。

"不是这样。"

"哪样?"玉帝冷冷地看着他。

"我说不是这样,我想起来了!"二十年前之事突然一幕幕在龙王眼前闪过。

"分明是你公报私仇!当年我根本没有降那么多雨,我没有那么强的法力,是你在幕后操控着,致使黄河两岸决堤!就是因为父亲和萧生违抗过你的旨意,你公报私仇!我没有错,父亲也没有错!萧生当年更是在努力抢救两岸灾民,只有你,为了自己的统治罔顾天下苍生的性命!"

玉帝只是冷笑："想起来了？说得好，谁信呢？你越是要帮他，朕就越是要毁他，让三界之人看看，违背朕的旨意到底是个什么下场！"

"你真的是玉帝吗？你真的当得起三界拥护吗？！"

"朕也想到了，还是免他受轮回之苦，直接魂飞魄散吧。"

"不！"

20

黑云压城，战鼓震天，狂风卷自天际。

龙王从思绪中收回神来，带着萧生被漫天的天兵天将追得已是无路可去，他们逃不掉了。

萧生被龙王灌了那段记忆，哈哈哈笑得停不住："合着我是你爸的朋友，乖，叫我一声。"

"叫你大爷！"

"对啊，叫我大爷。"

"……"龙王突然就不急了，他松了口气，转身对萧生说，"老萧，你先前是不是问过我要不要结拜的事？我现在说吧，我特别愿意，咱现在就结拜，别留遗憾。"

然后摁住了萧生脑袋，两颗头对着一起磕在了地上。

萧生一个头磕得有点蒙，他想说没说出来。龙兄，这是拜堂的叩法，结拜的叩法是不这样的。

话未出口，龙王又道："我现在就送你走，好好活下去听见没！"

"不是，等会儿，我怎么没听懂，送我去哪儿？"

凭空万丈光芒，刺得人睁不开双眼。龙王亲手把萧生送入了轮回。

这是最后一次了。他哪来无数条生命，只有三条罢了。

为了弥补萧生的遗憾，他复活了他的好友；为了弥补自己的罪过，他复活了于公子。

如今最后一命，他不能眼睁睁看如此善良无辜之人魂飞魄散。

于公子所谓的自杀，只是为了耗他一条命罢了，他知道于公子的心思，知道了又能怎样，他不可能不救。

龙王耗尽毕身修为，送萧生入了轮回。

萧生看着身体渐渐淡去的龙王，茫然问了一句："龙兄，你去哪儿啊？"

龙王气若游丝间给了他最后一句话——

往后生生世世，你所在处，皆有我影。

大雨做保护，天庭是找不到你的。

愿你岁岁平安，哪怕生生不见。

21

"给孩子取个名字吧！"

"叫萧腾腾吧。"

雷鸣两声后，窗外大雨瓢泼。

◇ END ◇

青龙纪

♥ 文/ 乔林羽

"说出来你可能不相信,我是一条龙。"

我眼前这个长条条、长着角、鳞片满布的动物这样对我说着。

我说:"你不说我也信。"

不知为何,我的眼前出现了一条龙。而我的内心却毫无波动,甚至还想笑。

"你吃了我的蛋。"龙说。

"哪有?"

"有,就在今天凌晨一点十五分,你吃下了我的七颗龙蛋。"

它指的是那个吗?一个礼拜前,我在网上买了七龙珠的DIY糖果。昨天刚到,于是在打着游戏无聊的夜里,我吃了那七个糖果。

诶,原来是龙蛋啊。

"那怎么办……"我略带歉意地笑着,"我都吃了,你杀了我也于事无补。不如咽下这口气,积点德,将来一定子孙满堂!"

"一胎七儿,龙的一生只能生这么多。"龙瞪着我。

"可是早就开放二胎了啊。"我说。

龙沉默着，围绕着我转了两圈，转到我的耳边说："龙蛋破碎了会自动修复，我杀了你，从你腹中取出龙蛋碎片即可。"

"喂，我吃东西嚼得很细的，行不行啊。"

"你嚼成灰都行。"龙霎时间将我盘绕了起来，满眼凶狠，"那就别怪我了。"

我一脸淡然："那你看，我拉出来行不行。"

"拉出来？"龙停下了动作，"你是说，把龙蛋从你的……"

"对，屁眼儿。"我毫不迟疑，"和屎一起。"

"咦！"龙松开了我，连忙缩退几米，"你这个人好恶心的。"

龙在空中转了几圈，仰着龙头说："不过，我可以给你这个机会，下个月来临之时，就是我来取龙蛋之日，若到时候交不出来，我定将你撕成碎片！"

我屋内的窗户在它语毕的同时"哐"的一下打开了，只见窗外雷雨交加，狂风大作，那条龙"刷"地扬长而去。只留下一句："我说到做到！"

我看了一眼手表，现在是 8 月 31 日 11 点 59 分。距离下个月来临，还有不到一分钟的时间。

我坐回床上，点了支烟。刚抽了一口，就看见窗外有什么东西正在飞快地赶来。定睛一看，正是刚才那条龙，它果然说到做到。

又是一波雷雨交加，狂风大作，那龙"刷"地就撞到了窗户玻璃上。

我几步上前打开了窗户，它连忙飞了进来，面露痛苦地说："你怎么把窗户关了。"

"不是我关的，是风吹的。"

我看这龙的前爪一个劲儿地挠脖子，就问："你在干吗？"

它说："这下可真把我撞疼了，我想用手捂住头，可是我的手太短了，做不到。"

原来龙的手只能够到脖子处，这真是一种悲哀。我想，龙要是想抽烟，一定只能依靠别人点火。

"好了，"那龙正色道，"是我不对，我忘了今天是31号。"

"昨天。"

"好吧，"龙露出尴尬的神情，"那现在给你两个小时的时间，马上把龙蛋给我拉出来。"

我一口答应下来，从柜子里翻出泻药，笑道："只要吃了这个，马上就能见到你的蛋了。"

还没等我反应，那龙就一把将药夺去，全吞了。

"我是说……我吃……"我无奈地看着它。

"对不起……"龙说，"爱子心切。"

我指了指屋内的一道门说："厕所在那儿。"

"谢谢。"那龙一溜烟地钻进了厕所。

约摸半个小时后，它出来了，眼皮塌着，一脸的疲惫。

它问我那种药还有吗，我答："还有，还有很多，你喜欢吃的话，我可以送你点。"

"别说了，"龙叹着，"你快开始吧！"

我又从柜子里拿了泻药出来。这药叫"立即通"。说明书上写着：请你系好安全带，起效的速度非常快。（一次两粒）

我卸下两粒送入嘴中，腹下立即传出剧烈的不适感。我一边跑向厕所一边暗想，果然好快，我甚至都觉得那药恐怕还没到我的胃袋。

坐在马桶上连抽了四五支烟，终于感觉肚子里连水都不剩一滴了。

我提上裤子，拉门而出，对躺在我床上看着漫画的龙说："去验货吧。"

龙闻言放下漫画，飞入了厕所。

我喝了杯水后也走进了厕所。

"怎么样？"我问。

"都在，都在！"那龙面露喜色，"哈哈，一个都不少。"

"唔，皆大欢喜了！"我凑近一看，马桶里面浮着龙蛋和一些碎片，大致上是数得出七颗的。我笑着从口袋里掏出烟说："来一根不？"

龙倚在马桶上，摆了摆手，说自己怀孕的时候戒了，然后一个劲儿地抚摸着胸口，长舒了一口气。

接着，它另一只爪子很自然地往马桶水箱上面靠。

我大喊："别摁！"

话音未落，它的爪子已经摁下了水箱上方的按钮。马桶"哗啦啦"地响起，龙意识到不对，转过头看向马桶。

可这一切发生得太快，马桶的水拧成一圈，在眨眼间就卷走了一切。

连蛋渣都不剩。

"这就不怪我了。"我耸了耸肩，走出了厕所。

那龙久久地回不过神来。大概一支烟的工夫后，它出来失神地问到："它们去哪了？"

"谁知道呢？"我看向窗外，"可能是遥远的海洋吧。"

"我也不怪你，看来事到如今只有一个办法了。"

"什么办法？"

"请和我交配吧！"龙严肃地对我说。

交配,指的是生物的生殖细胞进行结合,导致受精和繁殖的活动。没文化的人叫做干。

它说出这种话,代表它想和我进行这一项古老的运动。在针对龙的那句话进行简单分析后,我脑海中不禁浮现一个男人的身影——许仙,跨种族交配的先进性代表人物。

想到他,是因为我觉得,至少在体位上,干蛇和干龙应该是差不多的。为此我十分后悔没有买本《白蛇传》来好好研习,以至于今天难以应付此情此景。

我TM到底在想什么?

"干我!"龙将我从思绪中拉了出来。

"我不!"

"到底干不干?"

"不干!"

"为什么?"

"人跟龙怎么搞?"

"其实每个龙在变成龙之前都是人的。"龙说,"为了圆我的生子梦,我就化为人型吧!"

这是什么神展开?!

一道金光从龙的双眼中迸发,进而四分五裂散开,充斥着屋内。我的眼睛被刺得难以睁开,不得已用双手挡着强光。等我再睁开眼时,刚才那条龙已经变了样子。

"你这只是人形状的龙好吧!"我看着眼前这个有鳞有角、有尾有爪的、双脚站立的人形怪物说着。

"哎呀,有点小意外呢!"龙吐出舌头,做出它自认为可爱的表情。

"呵呵。"我白着眼睛。

"再来。"龙说了声后，又是一道强光闪过。

等光消失后，一个女孩出现了。

雪白的肌肤还透出一点淡粉色，五官精致得像是画里的人，身材更是韩国女团级别。最主要的是，她一丝不挂！

她甩了甩瀑布般的黑发，轻轻笑着。

屋内一时陷入沉默，良久后我才吸了吸口水，颤巍巍地说："我……"

我在一瞬间觉得自己与许仙隔空触电，我理解了他。他好像在冥冥之中说着，三年血赚，无期不亏，死刑保本。不对，我明明是受害者，我现在不得不屈服在对方的淫威之下。我意已决。

她仍是笑着，我对她郑重地点了点头。

送子送福，就在今天！

我感觉脑袋里有一只猛虎，它在用力冲撞着我的头骨，我受无名之力驱使，一把将眼前这个可爱的女孩抱起，她受力轻哼了一声。我将她轻轻地放在了床上，用两秒钟的时间脱下我的衣裤鞋袜，只穿着一条灰色四角裤，爬上床，迫不及待地靠了上去，用迅雷不及掩耳之势反手抓起被子盖上。

被子从半空中落下，盖住了我们的躯体，她害羞地将脸别了过去，脸颊多了一抹淡淡的粉红。我心跳得厉害，我猜我的脸也红得不行。

我感到自己身陷深海，周围全是张着血盆大口的白鲨。我的动脉在扩展，我的血液流得像秋名山的 AE86。刺激！这一切来得是那么突然，如果没有她，我本该坐在电脑前研习动作片。

就在此时，"轰"的一声巨响从不远处猛地传来，我慌张地回身一看——屋子的门被谁用力地推开了。只见门口，正站着我身穿睡衣的老妈。

"妈？！"我惊出了声。

我妈的脸像从沸水中捞出的苦瓜，阴沉沉的。她一脸严肃，沉着声音问我："你在干吗？！"

"没干吗啊！"我的声音有些沙哑。

我妈眯着眼，质问道："你是不是买充气娃娃了！"

我有些蒙，呆呆地答道："怎么可能！我买那玩意儿干吗啊？"

我妈走近了一步，又走近了一步。我的心提到了嗓子眼。不过因为被子的掩护和视角的问题，她现在应该还看不到我身下的女孩。

她像是警察审视犯人般上下打量着我说："没买？"

"真没买！"

"那你在床上撑着两只手像个活王八似的干吗呢？"

我一听这话，赶紧做了两个俯卧撑。当然，这两下都压到了她。

做完后我对我妈讪笑道："我这不锻炼肌肉吗？"

我妈还是一脸的不信任。沉默许久。最终她在瞪了我两眼后关上门，离开了我的房间。

"呼！"我从神经高度紧张中脱离出来，长舒了一口气。翻过身，睡倒在女孩旁边，"差点把我吓傻了。"

此事非同小可，要是被我妈发现，真不知道会怎么样。我脱离了思绪，看到女孩笑着，眉眼里尽是妩媚。我与她的目光被无形的绳子拉到一起，有一股微微的力使我们的脸越靠越近。

这时，我房间的门又"砰"地被推开了，她闻声赶紧缩进了被子里，紧紧地贴在我身上。只见我妈一脸庄重，大步流星，径直走向了这里。卧×,这就是中年妇女最爱用的一招——回马枪!

"妈!你是不是有病啊!"我有些急了。

但我无力阻止,我妈眨眼间就来到了我面前,掀开了半块被子。

我打赌,这是我人生中最美好,呸!尴尬的时刻。我们三个人的眼睛相互盯着,半晌后我身下的女孩才眨了眨眼睛对我妈笑道:"您好!"

此刻,我妈好比一只被盗墓者挖出来摆到我眼前的兵马俑,身体僵直,一动不动。她的眼睛在慢慢地往我身上移,好像在说,是我低估你了。她面如死灰,但眼睛极为生动,里面好像装着千言万语,好像万物生长的森林。

她走了,临走前用手比出一个OK的手势,低语着什么"我很欣慰"之类的话。

我妈离开后我立即从床上跳起,三步并作两步走到门口将门反锁住,悠哉悠哉地回到了床上。

"你们龙有没有名字啊?"我盘坐在她旁边。

被我妈来胡搞两下,感觉都没了。

"有啊,我叫青荇。"她玩着自己的黑发回我,"我们平时在龙宫里都是人形态的。怎么?你搞种族歧视呀?"

"没,我这不是担心一会儿进行到关键处不知道喊什么吗?"

"哎。"她用手勾上我的脖子在我耳边轻柔道,"那你叫什么啊?"

"我叫乔霖鱼。"我挑了挑眉毛。

"来!"她低声道。

这一声"来"可真是骚到骨子里了,弄得我后脊梁酥麻得要死,感觉都快散架了。

我温柔地推开了她，说："稍等。"差点忘了一个重要的事。我下床走到窗边拉扯着窗帘。对面的公寓好像看得到这里，我可不想在众目睽睽之下高潮迭起。

正拉着，却听到窗户右上方有什么异响。我脑子一转，立刻想到一个嫌疑人，我不耐烦道："妈！你都学会翻窗户了是不是！"

没人应答。我探出半个脑袋打算一探究竟。可那里太暗了，我不太看得清。什么鬼？确实有东西在那儿动，或者说蠕动。我有些发毛，咽了咽口水，把头更多地伸了出去。只听"啪"的一声，什么东西掉了下来。模糊间，它倒挂着。等我看清后，却发现一双非人类的血红眼睛正直勾勾地瞪着我。

我的汗毛像约好般的立起，吓得我差点失声叫出来，赶紧把头缩了回来。

青荇见了，连忙上来问怎么回事。

"眼睛……红通通的！"我的心脏正猛烈地撞击胸腔。

青荇往外看了一眼，拉住我的手说："是乌鱼，快走。"

"乌鱼……？"我疑惑着，却被她拉到窗户边。

"一会儿跟你解释！总之先抱紧我！"她把我的手搭到她脖颈处，我顺势抱住了她。我们跳上窗户，腿一蹬便跃了出去。

什么情况？我们这不是在跳楼吗？！青荇身体轻摆了一下，瞬间化作长龙，我也登时就坐到了她身体上。"哇！"我惊叫了出来，双手紧紧地抱住她。

如果你在9月1日的凌晨，看到一个裸男骑着一条青龙飞过你家窗台，不要奇怪，那就是我。

我们往上飞，速度非常快。疾风呼呼地从我脸旁刮过，让我呼吸有点吃力。看到两边的房屋刷刷地掠过,眨眼间,我的视角就变为了鸟瞰。我害怕得浑身发抖,想叫又叫不出来,失重的感觉逼迫着我的泪腺,我多希望一睁眼发现这就是个怪诞的梦。

"咳……呕……"我不争气地呕吐了出来,月光下晶莹的呕吐物随风而逝。

是梦吧,我是不是长期宅在家得了幻想症了?这世界上哪有什么龙,哪有什么龙少女?高空的风挺凉的,我想回家。

"快憋气,忍一忍!"青荇厉声道。

"等等!"我还没反应过来,就随着俯冲了下去,只见下面是一片沉静的大海,四周一点陆地都看不到。

眼看离海面越来越近,我赶紧憋住气。海面响起"哗啦"一声,我们就冲了进去。紧闭着双眼的我开始思考我上辈子到底做错了什么,今生要受这样离奇的折磨。约摸过了一分钟的时间,我便感觉脱离了水体。

我睁开双眼,发现青荇已经变作人型。我们站在一块石头上,顺着看过去,这块石头延伸到不远处变成石阶,再抬头一看,一道巨大的水晶门赫然立在眼前。水晶门大概有二十米高,上面雕刻的鱼虾栩栩如生。

在雄伟的水晶门正上方,用楷书雕刻着四个大字:宾至如归!

???

我是来到海洋大酒店了吗?

"这是我的宫殿!"青荇甩着头发轻笑道,"漂亮吧?"

"漂亮是漂亮,可是为什么要写宾至如归啊?"

"哦!我父亲那辈刻的,他们没什么文化,看见你们人间很多装修漂亮的房子下面都这么写,就叫人刻了。"青荇拉住我的手向前走着。

等等,先不管我刚才经历了什么乱七八糟的事情。她说这是她的宫殿?这代表她是这里的公主或是什么的?这个套路是不是有点俗啊?难道我在演《霸道公主爱上我》、《我与水晶公主不得不说的故事》之类的?

正走着,一只直立行走的乌龟赶了过来道:"女王陛下,您回来了?这位是客人吗。"

"回来了。"青荇一边走一边对它交代着,"先给我更衣,一会儿召集大伙过来开会。"

她竟然是女王!

我猜眼前这货就是龟丞相!

只见它对青荇点了点头,叫过来两只和它长得差不多的乌龟跟着青荇。

"你好。"乌龟转过来对我说,"我是乌龟议员,请跟我来,我带您到客房。"

议员?好新潮。说起来我到底在干吗,怎么稀里糊涂就来到了这里。青荇还开个什么会啊,我这儿有一大堆问题想问她呢!她说的乌鱼是什么意思,还有,我们为什么要跑啊!

我跟乌龟走着,却见青荇走了回来,对乌龟说:"带他到我卧室,他不是客人,他是国王。"

我和乌龟的嘴同时变成了大大的O型,异口同声道:"啊?"

"啊什么啊?"青荇走到我身边,把头轻靠在我肩上,"你既是我的男人,便是这里名正言顺的王。"

乌龟看向这里,O型嘴恢复原状,龟脸一红道:"我明白了。"

你明白个屁啊？我还不明白呢！还有你脸红个屁啊！不是你们女王重金求子我才来的吗？！好吧，没重金，但事还没办成呢，怎么莫名其妙地成什么国王了？什么情况？

"在我卧室等我。"青荇留下这么一句话便走了。

"国王陛下，跟我来。"乌龟率先迈出了步伐。

我暗爽地跟着乌龟穿过幽长的水晶走廊，在各种岔口绕，这里就像个迷宫似的。不过这里面倒和地面上的宫殿差不多。但有一点让我觉得很奇怪，这里来来往往的生物有一大半都是乌龟，包括什么拿着剑的卫兵、侍从，基本都由乌龟担任。说好的虾兵蟹将呢？到目前为止，乌龟我见了几百只了，虾和螃蟹还不超过十只。

不过它们都是直立行走。

"陛下，我们到了。"乌龟停下了脚步。

不知不觉中，我已经跟随它来到了一个宽敞的地方，面前是一道精致的大门。乌龟把门推开，略带微笑地对我说："请进，有什么需要您尽管吩咐。"

"有烟没？"我问。

"有,有金乌龟牌、银乌龟牌、铜乌龟牌，请问您要抽哪个牌子的？"

"有没有不带乌龟的牌子？"

"没有。"

"哎，那随便吧。"我平生第一次对乌龟感到厌烦。

我走进了屋内，才发现这里是如此的上档次。屋子大概有半个足球场那么大，或许更大一点，地上铺着红色的地毯，毛茸茸的，踩上去很舒服，墙大概是某种高档的木材拼成，每一个角落都精雕细琢。在屋子的正中央摆放着一张大床，我当下扑了上去，一股淡淡的香气扑面而来。

"陛下。"

乌龟的声音突然出现在我身后，吓得我一个激灵："干什么？！"

"烟给您拿来了。"

只见他手里抬个木盘子，里面放着三包烟和一个火机。

"行行行，放那儿吧。"我指着床旁边的柜子说。

乌龟走后，我无聊抽着烟等青荇，吞吐着烟圈，差不多烧完了两包烟的时候，青荇终于走了进来。她身上穿的衣服有点像汉服，雪白的肌肤若隐若现，还真有一番味道。

"你穿上衣服我都快认不出你了。"我打趣道。

她轻轻笑着，坐到了我旁边。

"你这什么国啊，怎么全是乌龟。"我直接问。

"海里有东南西北四国，这里是南国，父亲死而无子就由我继承了下来。至于乌龟嘛，经济不景气，而乌龟又便宜就雇了很多。"

"这还付薪水的啊？"我有些好笑。

"当然付了，又不是奴隶社会。"青荇伸手拿了一根烟点上道，"我知道，我不是当女王的料。"

"你既然有龙蛋，那说明你以前是有老公的，你老公呢？"我试着问。

"没有，龙怀孕是上天赐予的，时机到了自然就怀上了。"

一听这话，我暗中松了口气，我还以为自己当小三了呢。

我眼珠转了转问："先不说这些，刚才到底是怎么回事，什么乌鱼之类的。"

"乌鱼是一种监视单位，它贴在墙外就是在监视我们。"

"监视我们干吗？录像传到成人网站啊？"

"是这样的。"青荇熄灭了手中的烟缓缓的说，"东西南北四国正在交战中，乌鱼是北国特产，它们北国的国王叫枪北龙，一直想找机会先除掉我，刚才要是不跑，恐怕枪北龙很快就找上门来了。"

"哦。"我点头道，"那为什么要我当国王？"

青荇扶住了我的肩膀严肃道："南国将要有亡国之灾，预言说只有人类才能拯救我们。"

"可是……"我尴尬地扣着脸道，"我凭什么帮你们，再说地上那么多人，为什么偏是我。"

"凭我！"青荇甩开她的长发，扶住我的脸吻了上来。

忍者神龟曾经说过，爱情的发生，永远是一瞬间的事。

我紧紧地抱住了她。

"呃……两位陛下，大臣们都来了，会议已经准备好了。"

乌龟的声音又不知从哪冒了出来。

我顿时火冒三丈，尼玛，怎么每次要发生点什么的时候都有人来阻止？我妈也就算了，你一个臭乌龟也敢来捣我的乱？我跳下床就要揍那个死王八，青荇赶紧拦住了我。

乌龟抱着头一边说"对不起"一边跑了出去。

"好了，先跟我去会议厅开会。"青荇拉着我的手往外走，"其实就是你的加冕仪式。"

一路上青荇教了我该说些什么，该做些什么，我自认应该没什么问题。但当我跟着青荇走到那里的时候，还是被惊呆了。

会议厅很大，感觉说话回音都能回半天。我和青荇走上了一个高台，只见下面有数不清的海洋生物，各种奇奇怪怪的鱼、虾、蟹。当然，乌龟还是占了很大的一部分。

青荇介绍我，说我是他的夫君，很有能力，从今天起开始担任南国的国王。反正什么好听的话都往我身上招呼。

差不多说完后，她把麦克风交给了我。

底下的议论我能听个七七八八。我哪里见过这个阵仗，紧张得不得了，手心全是汗。

"是人类吗？"

"好像是。还是说是龙？"

"要人类当我们的王？不过既然是青荇女王的意思就没问题了。"

我脑子一片空白，青荇教我的话全忘了，拿着麦克风，半天憋不出一句话。青荇轻轻拍了拍我，示意我不要紧张。不行，脑子还是静不下来，不过仔细想想，既然人家请我来当国王，第一句话应该要说感谢什么的吧。

于是我鼓起勇气清了清嗓子说："谢邀。"

我到底在说什么！

底下又嘈杂起来。

"他说啥？"

"蟹妖？"

"是看不起螃蟹吗？"

青荇面色僵硬地低声问我："你在说什么？"

"我忘词了！"我的前额不断渗出汗来。要知道，我在读书时，连教室的讲台都没上过。台上的灯光特别强，照得我本来就空白的大脑更是什么都想不起来。

"很荣幸！"青荇小声提醒着我。

"啊……"我用颤抖的手将麦克风贴近嘴巴,"很荣幸能成为我们乌龟国的国王。"

"南国啊!笨蛋!"青荇用力揪着我的后背。

"我不同意!"一个男人风风火火地从下面走了上来,指着我的鼻子道,"我不同意你当我们的国王!"

青荇凑到我耳边说:"没关系,这我表弟,他就是来装×的,让他无×可装就行。"

随后青荇把麦克风接过道:"这是我的意思,你有什么意见?"

"他……"男人终于把手收起来说,"大家都听到了,刚才他说蟹妖!凭什么螃蟹就是妖怪?他是人就了不起吗?这是搞种族歧视!我为螃蟹家族鸣不平!这样的人怎么能当我们的国王!"

我瞟了一眼,下面的螃蟹似乎有些动容,这搞得我更紧张了。我说的明明是谢邀啊,你们懂个屁。

青荇面色平静地笑了笑说:"是这样的,他确实是人类,但妖不是贬义。人间称呼谁为妖是一种赞扬,是一种敬称,他说蟹妖是对螃蟹朋友的一种尊重。螃蟹就是蟹妖,乌龟就是乌妖。"

我又瞟了那群螃蟹一眼,它们轻轻点着头,一脸原来如此的样子。喂,这样真的好吗。还有,乌龟为什么不是龟妖而是乌妖啊。

"这么说鱼就是鱼妖,龙就是龙妖咯?"

不知道下面是哪个海鲜这么提问到。

青荇微笑着点头,表示正确。

随后,下面的水生物已经开始这样相互称谓了。天呐,这就被说服了?

那些水生物慢慢从吵闹中恢复了过来,对青荇大喊着"龙妖!龙妖！"接着，它们目光全都落到我身上，在一瞬间的宁静后大喊："人妖！人妖！人妖！"

呵呵。

"等一等！"青荇的表弟抬起一个巴掌道，"就算你这么说，可我们为什么要认一个裸男当国王啊！"

"是这样的。"青荇眼角流露出一点难意，刚想开口，我便从她手中拿过麦克风。

"是这样的。"我接着说，"我想到大家都生活在海里，又有几个不是赤身裸体？一想到大家在深海连一块避寒的布料都用不上，我很难过，我心如刀绞！我来这里不是作威作福的，不是来搞阶级斗争的，我想告诉大家，人是人她妈生的，鱼是鱼她妈生的，我们没有什么不同，谁也不比谁高贵，所以我以身作则，脱去那些虚伪的外套。我想告诉大家，我们都一样！"

"好！"虽然不知到它们是怎么发出声的，但场下响起雷鸣般的掌声，它们激动地大声呼喊，"人妖说得好！有这样为大家着想的人妖当国王还有什么好说的？人妖！人妖！人妖！"

我简直智商上线。

青荇的表弟看呼声那么高，灰溜溜地跑下了台。

我按照青荇预先交待的单膝下跪，双手抱拳，然后一只乌龟抬着一个精致的盘子走了上来，上面盛着金光闪闪的王冠。它庄重地走到青荇面前。

青荇高高地举起王冠道："过去，我是这里的女王，但从这一刻开始，这里的王只有我夫君一人！大家从前叫我陛下，现在必须改称殿下，我以海神尼古拉斯·赵五之名庄严宣誓，将王冠正式授予人妖——乔霖鱼！"

青荇把手中的王冠，缓缓地戴在我的头上。

乌龟大喊一声："奏乐！"

进行曲立即响起，仔细一听，竟然是《海底总动员》的主题曲。

音乐毕，我站了起来高举双手道："乌……南国万岁！我以尼古拉斯·赵五之名起誓，无论生老病死，贫穷或富贵，一定会带领大家走向繁荣！"

"陛下万岁！"下面的水生物齐刷刷地跪了下去。

"新王加冕完毕！"青荇笔直地站立着，拿出一个笔记本，"现在宣布作战决议！虽然北国不断对我们施压，逼迫我们交战，但作战室决定避其锋芒。策略上，我们决定先攻击东西两国，以此来延伸势力。根据侦查单位报告，目前东国国王去了人间听演唱会。请军官士兵作好准备，我们连夜出征！散会！"

看着四处散去的水生物们，我发现我这个新王好像没什么存在感。

青荇看它们散得差不多了，挽住我的手笑道："走吧，人妖。"

"叫我陛下！"我正色道，"我怎么不知道有什么作战决议？大姐，我是普通人啊，到现在还没睡觉很困了好吗？剧情要不要这么紧凑？"

"差点给你搞砸，你还蹬鼻子上脸了？！"她原本挽着我的手掐了上来，"消息马上传出去，南国国王换任，北国一定会来进攻，但等它们到的时候，我们已经拿下东国了。东南方成犄角之势，北国便不得不撤军。"

"哇，我岂不是成了你的棋子？"

"现在你可是国王，我只是你的人而已。"

"呵呵，那我还真牛逼。"

"真的，接下来就全靠你了。"青荇水灵的眼睛正视着我。

"我就一凡人，有什么可靠的？"我闪躲着目光。

"跟我来。"青荇拉起我的手一边走一边说，"现在北有枪北龙，东有刀东龙，西有弓西龙。都必须靠你来打败。"

"这个命名方式……"

"是的，国王的名字第一个字是他们国家惯用的武器，第二个字是他们所在的方位。"

"那你是什么。"

"过去是剑南龙，但现在你是国王，也就是剑南人。"

"贱男人？！"

得，来到这里就没落下什么好名字。

青荇把我带入了一个小房间，房间中央放着一个上锁的箱子。青荇掏出钥匙打开了箱子。只见里面放着一把长剑，以及被绳子绑住的剑鞘。

青荇拿起长剑向我道："南国的开创者，也是一名人类，他留给南国的密宝就是这把剑。这剑斩龙有奇效，但只有被选中的人才能使用。"

"这套路都被用烂了，你怎么知道我就是被选中的人？"我接下了满是铁锈的剑，剑刃瞬间绿光四溢。

"就不告诉你。"青荇吐出舌头。

剑刃绿光不断闪烁，像恐怖片里忽明忽暗的电灯。难道我真是被选中的人？

青荇把剑鞘上的绳子解开并递过来让我合上，然后她拿过剑绑到了我身上。我背着一把长剑像电影里的勇士一样。

我和青荇走了出去，看见一个乌龟在那儿候着。它见我们出来便迎上道："陛下，军队集结完毕，随时准备出征。"

"出军！"还没等我发号施令青荇就抢先说，"陛下亲征！"

东边的天空开始泛白，天就要亮了。地平线处的阳光已经躲不住，一束束照了出来。海面上像覆盖了一层透明的金鳞。

五条长龙贴着海面疾速飞行。我坐在龙形态的青荇背上领头，青荇的四条亲族龙紧随其后，我加冕时来捣乱的表弟就是其中一条。

在我们的下方，是密麻麻的海洋生物大军，透过海面也能看见黑压压的一大片。那些游得快的生物就自个儿游，游得慢的便骑上海马变成骑兵。

我顶着破风声对青荇喊："其他的我先不提，但我是人类啊！我又下不了海！"

"这个你放心。"青荇头也不回地说，"我安排了一只大乌龟，它会先在岸上吸满空气后才下海，他会随时供氧给你。"

"那我岂不是要和它亲嘴？！"

"你要是想，吸它肛门也行。"

"呵呵哒！"

我可不想亲死乌龟，便命令青荇的一位亲族去陆上帮我买水管和潜水镜回来。

无聊的行军差不多进行了三五个小时，随着青荇速度的减缓结束了。

青荇慢慢停了下来并命令所有部队停止前进。只见前方不远处的海里有什么东西在动。

青荇让部队下沉隐蔽，派了一条迅捷鱼前去打探。

半支烟的时间后，迅捷鱼回来道："报……报……报告殿下，是……

是……是刀东龙的部队,它……听演唱会回来了。刀东龙就……就……就在里面。"

"规模?"

"只……只……只有百来条刀鱼护着。"

"围上去!"

我们的部队得令散开,一只叼着拇指粗水管的大乌龟游了过来。我将潜水镜戴上又将水管的一头放进乌龟嘴里,另一头自己含住。

接着全员潜入海中,暗中靠近刀东龙。

这条水管还算长,能让我在乌龟前后十五米左右的范围内活动。我浅下后没过几秒就想要呼吸了,便对着水管用力吸了一口。

我×,这空气真特么的有温度。

我"咕噜咕噜"地吐着气泡。再看一眼那只乌龟,它扶着大大的肚子,一脸享受的样子。

快要恶心死我了!

我看到部队围了上去,青荇身后的几条龙也化作人型拿起武器。双方已经短兵相接,我却还在后面该干吗都不知道。

你问他们为什么不以龙形态战斗?因为人型战斗力更强,他们有特制的水底兵器,能够帮他们摆脱水中阻力的限制。那么问题来了,我的移动氧气瓶,也就是乌龟以每小时二十公里的速度前进,部队以每小时一百公里的速度前进。请问乌龟多久能追上部队?

追得上个屁啊!按照乌龟这个速度,等我到战场人家已经打完收工了!

我着急地游到乌龟身边,拍了拍它的肚子,示意它游快点儿。我没想到的是,这一拍可就拍出了大问题。

乌龟装满空气的肚子禁不住我的拍打。那乌龟嘴突然一松，水管随着气泡就从它的口中滑了出来。我瞬间就明白自己干了什么蠢事，一个没注意，自己嘴里的水管也滑了出来。眼看水管就要往上浮，我迅速出手连抓两下也没能抓住。水管浮力很强，眨眼间就浮出了我的控制范围。

我就要去追水管，却听见青荇的喊叫："乔霖鱼！拦住他！"

我寻声看过去，没见青荇，却见一个男人往我这个方向游了过来，他丢下手中的刀，游着游着，赫然化为一条长龙。

我心里一惊，是刀东龙！

不行，来不及去追水管了。我转身寻找乌龟，抬起了它的那什么头，用手从它嘴的两侧一捏，便把自己的嘴凑了上去。

它的龟脸霎时红了，轻吟道："陛下……您……"

我暗骂一句，从它嘴里猛吸了一口气。吸足后，用目光迅速地搜寻刀东龙的身影。

刀东龙就要游到乌龟这里，他应该没注意到躲在乌龟身后的我。我右手伸到后背握住剑柄，准备等刀东龙经过时甩出一记拔剑斩。在刀东龙经过的瞬间，我左手扣住龟壳，一把将我身体拉起，再往龟壳上一蹬，整个人纵了起来，右手抽出剑顺势挥出。绿光一闪，刀东龙的身体被我拉出一道深深的口子，附近的海水立即染上了鲜红。

刀东龙身体扭曲了一下，一阵如雷的龙鸣响彻四周。它也仅是停了一下，又动身往上面游去。

"快！"青荇赶了过来，我翻身骑上了她的背。

我们冲出海面紧追着刀东龙，它在一个海域绕了一圈便停了下来道："别追了！我投降！"

其他的四条龙也赶到了，我们把刀东龙围了起来。

"我听说了。"刀东龙问道，"你就是南国新国王剑南人？"

我点了点头道："我就是剑南人。"

"真没想到，你们来的这么快。"刀东龙低下了头。

"你不去听演唱会不就没事了？"我说，"其实我很好奇你是去听谁的演唱会。"

"张国荣。"

"张国荣去世很多年了，你被人骗了。"我说。

"我知道，我只是追寻一个念想，我多希望去到现场，张国荣缓缓走出，说他没死，说他只是开了一个玩笑。"刀东龙说着，流下了泪水。

想不到一条龙也有如此情怀。

刀东龙眼泪大滴大滴地往下掉："我最喜欢听他的《光辉岁月》和《真的爱你》。"

"这才不是他的歌啊！"我惊道。

"报……报……报告。"一条迅捷鱼游过来说，"南……国果然受到了北国的进攻！"

看来和青荇猜测的一样。接下来我们便按照计划中的进行。我们迅速赶到东国，让他们知道我们已经俘虏了他们的国王，东国不战而降，可谓得来全不费工夫。我们已然以东国主人的身份，进入东国休整。

"接下来怎么办？"我问

"接下来吃饭。"青荇笑道。

"吃完饭呢？！"我有些急切。

"你什么时候这么上心了？"青荇摸了摸我的脸颊，"吃完饭睡觉，你不是想要休息吗？"

我不解地说："哎呀！都什么时候了！别开玩笑。"

"接下来，我派出东国的平民装成我国部队往南赶去，北国军队以为我们回救，便会撤兵，我们主力再往正西方赶去阻击北国军队，一定能大获全胜。"

"这么有把握？"我疑惑着，"我们人在东国，如果我是枪北龙我干脆直接进攻西国，这样一来我们是一定赶不过去收渔翁之利的。攻下后又和你各占两方，形成了阴阳之势。"

"不可能。"青荇摇了摇头，"枪北龙根本不在进攻南国的队伍里，他现在正在北国。"

"为什么？"

"因为他怕我进攻北国。跟你对路程的分析一样，他若在进攻南国的队伍里，我打北国他是来不及回救的。然而他知道我们出了大部分兵力攻东国，便只会派出差不多一半兵力去攻南国。接着，被派去进攻南国的北国军队收到我派兵回救的消息，便以为我们主力正在回救途中，安心地向北撤回北国，却不料是我的障眼法，现在去阻击，刚好能将这些北国军队吃下。"青荇自信地笑着。

厉害，连我这个人称小诸葛的男人都得暗自惊叹，还说自己不是当女王的料儿？青荇这招佯救之计实在是妙哉。

于是我们按照计划进行，适当休整后，青荇立即令东国平民装作南国的队伍往西南方向赶回南国，做出部队回救的样子。如果不出意外，我们的部队往西去正好能截住北国部队，形成以多打少的形势，而且北国国王枪北龙不在，它们凝聚力不足。接下来我们会以东南两国合并之大优势，吞并元气大伤的北国和实力较弱的西国。

虽然我已经一天一夜没合眼了，但是驰骋战场的感觉让我毫无困意。毕竟这种奇奇怪怪的冒险不是天天有的。

在东国留下镇压的少部分军队后，我们便往西进发，我仍是骑在化作龙形的青荇背上，享受一马当先的领袖感，我们的背后是浩浩荡荡的海鲜军团。不过乌龟这么多，不如称作终极无敌龟龟军团好点。

"报……报告！"

是迅捷鱼。

"北……北国军队正在撤离！没有发现枪北龙！"

果然如青荇所料，枪北龙不在进攻南国的队伍里。他现在应该在北国防止我们突袭。

这时，又一只迅捷鱼游了过来报告："根据……据……最新探报……枪北龙已经……已经……已经……"

"已经什么啊？！你倒是说啊！"我有些不耐烦。

"已经……和弓西龙联合！北国和西国达成盟约！"

青荇眯了眯眼睛惊道："什么？！弓西龙怎么会……这样就算他投靠北国联合战胜了我们，枪北龙也一定不会放过他的。"

"我本来以为弓西龙要当墙头草，坐山观虎斗的。"青荇眼睛中有一丝不安，"真不知道这个弓西龙在想什么。"

我接话道："可你和枪北龙无论谁赢了，西国都不得不归顺啊。或许他想让你们陷入僵局，以保西国还有一国之名。"

"在攻下东国的同时我就派迅捷鱼向西国送了文书，我已经告诉西弓龙，他若肯帮我共同战胜北国，我之后不会染指他一寸国土。"

"他未必信你啊。"我摊了摊手。

"哼，穷凶极恶的枪北龙显然比我更不值得信任。先不管了，目前阻击北国部队才是大事。"青荇正色下令，"全军全速前进！"

收到青荇的指令后，部队的速度立马提升了一个档次，好像是从自行车到摩托车的改变，这让我怀疑他们刚才是不是在靠风力移动。

以极高的速度向西行了约一个半小时，迅捷鱼传来报告，说前方发现北国军队，规模很大，应该就是从南国撤离的队伍。

看来大战在即。有了上次与乌龟亲密热吻的前车之鉴，我果断放弃了用水管从乌龟肚子里吸氧的办法，而是早早地吩咐其它龙去给我买了正规氧气瓶和潜水装备。

待我装备完毕后，骑上了一匹海马。

"歼灭北国军队！"青荇一声令下，率先冲进水底。其余四条龙也迅速跟进。

冲啊！我在心里暗自呐喊。

海马的速度很快，一蹬一蹬地紧跟在青荇它们身后。不一会儿，我便在模糊中看见前方有持长枪的鱼类，密密麻麻，像是一块块黑色的绸缎。青荇龙爪一挥，绸缎就碎裂一块。

我们的主力很快与北国军队混战在一起，不过我们既有气势上的优势，又有兵力上的优势，打得北国军节节败退。于是我便下马，冲到"绸缎"之间瞎砍，也许连自己人也砍到了也说不定。

渐渐的，北国军队出现溃散趋势，开始往海的更深处逃跑，青荇则带领我们追击。它们跑一段，又打一段，我们不由得越追越深。

我也在混乱的鱼群中愣着头往前游。奇怪的是，明明在往海的深处游，光线却越来越明亮。不过我也没多想，正游着，忽然感觉到手脚一空，赫然发现四周完全没了海水，我在一瞬间坠落下去，摔了个狗啃泥。

我靠，什么情况？疼死我了。抬头一看，我们的部队都在这里，互相望着，一副不知所措的样子。

我试着把氧气瓶卸下，大口地吸了两口气。果然，这里和南国的龙宫一样，是可以自由呼吸的。

再环顾四周一圈，发现周围是林立却荒颓的建筑，青荇不知从哪儿走了出来："北国部队藏进废墟里了，大家小心。"

"这是哪儿？"我问。

青荇道："海里原本有五个国家，只是其中一个国家因爆发海底地震，而遭受到了灭国之灾。这里正是那个国家的原址。你可能猜到了，东南西北四国分别在东南西北四个方位，这里是在四国的中间，所以这里就是……"

"哦！这么说，中间的国家自然是……"我若有所悟地点了点头。

"对，这里正是西瓜霜共和国。"青荇说。

什么鬼的西瓜霜共和国啊？！这里不应该是中间的国家吗？

不知为何，四周的光线似乎正在消逝，我们脚下逐渐被一块巨大的阴影溢满。

我疑惑着抬头观察，却发现我们的上空覆盖了一团浓厚且巨大的黑云，再仔细一看，才发现那根本不是什么黑云，而是蜂拥在一起手持长枪的鱼。鱼群中，一条长龙若隐若现，这让我有一股不详的预感。

"是枪北龙，中计了！"青荇瞪着眼睛，紧咬嘴唇。

毫无疑问，我们已被罩得水泄不通。这已经不能用密密麻麻之类的词语来形容了。那些鱼身上的鳞片银晃晃的，让我感觉自己被倒扣在一口巨大的不锈钢锅里。

枪北龙似乎下了什么指令，有如泰山迎面倾倒，密集的鱼群扑面袭来。在被鱼群围住前,只听得青荇一声:"快逃。"

在那之后,我的眼前身后尽是鱼的身影。还好它们对我造不成很大威胁,我拔出剑疯狂地为自己打开通路。

"走!"混乱中,一个人拉住了我,不知费了多大了劲,我们终于离开了鱼群。

这时我才把他看清,是之前我加冕时上来砸场子的那位——青荇的表弟,想不到他还有这样善良的一面。

我们跑了好大一会儿,期间解决了几条杂鱼,这才远离了混战地带。

而此时我却突然发现,青荇的表弟面如土色。接着他大口喘息了几次便重重地倒在了地上。

"咋地?"我连忙探下身询问情况,"是不是平时锻炼太少了?"

他紧紧地抓住了我的手:"我不行了……我快死了……"

"怎么了?!"我意识到事情有些大条。

"我……中弹了……"他好像呼吸很困难的样子,每一个字都吐得特别吃力。

"怎么会中弹呢?"

"枪北龙有枪!"他声嘶力竭地说完这句话便垂头合上了眼睛。

"你振作一点啊!"我紧张地摇晃着他,但他已全然没了反应。

我回身一看,果然看见远处的枪北龙正在高空盘旋,似乎提着一把格林机枪。

"为什么枪北龙会有枪啊?!"我惊道。

"他把我们引到这儿……就是为了用……枪!"青荇的表弟突然睁开眼睛,着实吓了我一跳。原来这货还有气。

不过仔细一想，枪北龙用枪好像没什么问题。哎！青荇会不会也中枪了！这可不妙！我要马上去找青荇。

我俯身拉起青荇的表弟，他却挣脱了我说："不要管我……我已经……不行了。快去救青荇！"

说完后，他便一动不动了。

"嗯！"我的眼睛有些湿润了，轻轻地放下了他。

我正要转身去找青荇，他又诈尸般地一把拉住了我的腿道："等等。"

喂！大哥，你要死能不能死快一点，救青荇要紧啊！

"结束后回来找我，我觉得我还可以再抢救一下。"他如是说。

我点了点头，又要离去，突然意识到有什么不对，这家伙该不会只是想逃避战乱吧。

"伤口在哪里？"我问他。

见他用力地捂着肚子，我一把将他手拉开，只见到肚皮上有个圆形的小印子，周围的皮肤有点红。

再一看，他手中掉落出什么东西，我捡起来发现——这根本就只是玩具枪的 bb 弹啊！

我刚想发作，他却摇了摇我的腿，用头点了点我的身后，示意我往回看。

我一回头，赫然发现枪北龙已经到了眼前。

细看之下，枪北龙身姿巨硕，金鳞玉爪，一双红宝石般血红的眼睛瞪得人心生寒意。帝王之姿，好不伟岸！而它利爪上正提着一把格林机枪，模型精美、涂装丰满、塑料质感极强，要是放在夜市，少说也要五十块钱才能拿下！

可它一开口说话差点把我吓傻了："你们谁是南国新主。"

浑厚的女声。大概感觉是《功夫》里面包租婆再胖个五倍后所发出来的声音。

它用长如虹的身躯把我和青荇的表弟卷起，又问了一遍："你们谁是南国的新国王，剑男人。"

"就是他！"我盯着青荇的表弟脱口而出。

谁知刚才还萎靡不振的表弟突然精神焕发道："不是我啊！是他！"

"是他！"我坚定道。

"是他！"他反咬道。

"就是他！"我再次回击。

"我们的朋友……"枪北龙顿了顿道，"小哪吒？"

"……"

"……"

"不要跟我提哪吒那个小婊砸！"枪北龙愤愤地说。

"啊！"我朝她身后大叫一声，"哪吒来了！"

枪北龙听后一脸惊慌，立即将头转了过去。

"快走！"我和青荇的表弟挣脱了她的束缚，狂奔起来。

可枪北龙身材实在又长又粗又大。

她一个甩尾拍在我们身上，导致我们当即失去了意识。在一般的故事里，男主角都是去拯救被绑架的少女，在这个故事里，我是被绑架的那一个。

此刻我和青荇的表弟正被绑在一个石柱上，一脸茫然地看着眼前的景象。

"弓西龙。"人型态的青荇站在台阶下,咬着嘴唇说,"我实在想不通你为什么会帮枪北龙。"

"哎哟。"肥婆形态的枪北龙笑道,"跟你学的呗,靠出卖身体拉拢势力。"

枪北龙说完便靠在一个男人身旁。想必这位身材消瘦,一脸气血不足的男人就是弓西龙了。

"你……"青荇气得脸红,"引我们到这儿也是为了用弓和枪……"

"哈哈……"枪北龙笑着,"不然呢?"

"这样吧。"枪北龙走下台阶贴着青荇的脸说,"一命换一命。"

来了……这经典的剧情。

"两命!"青荇的表弟大喊,可惜没有人理他。

"杀了我。"青荇说,"然后放了他们。"

青荇的表弟艰难地摸出一把匕首,用脚推到青荇和枪北龙脚下说:"其实我恨我姐姐很久了!就用这把刀了结她吧!"

枪北龙冷笑了一声,捡起匕首架在青荇的脖颈处道:"这可是你自己选的。"

怎么会有这种表弟?恩将仇报!不行,我得想想办法。

"等一等!"

不是我喊的,是弓西龙喊的。

大家把目光都移到了弓西龙身上,弓西龙尴尬地笑了笑说:"不好意思,我觉得自己作为西国的国王,戏份实在太少了,就加那么一段,你们继续。"

"滚!"我们异口同声道。

"不要相信她。"我对着青荇大喊,"就算你死了她也不会放过我们的。"

青荇对我温柔地笑了一下说:"没事的。"

话音刚落,青荇便握住枪北龙持刀的手,往自己的腹部捅了进去,接着,她僵硬地跪倒了下去。

"青荇!"我发疯般地大叫,可她已经不能回应我了。

"哈哈哈!"枪北龙仰天大笑,"她终于死啦!去相信什么人类能拯救南国的笑话!"

她转过身来指着我说:"是你,是你害死了她。"

我拼命挣扎着,想要挣脱绳子取了这个肥婆的狗头,但根本做不到。

"怎么?想挣脱绳子啊?"她走了过来解着我的绳子说,"我来帮你好了。"

在我能动的一刹那,我立即抽出长剑朝她挥了过去,但砍了个空。

在身后!我正要扭身砍出第二剑,枪北龙猛然化作龙形态。

我的剑砍在她的鳞片上,除了"咣"的一声外,毫无反应。我愣住了,不是说这剑斩龙有奇效吗?怎么完全没有效果啊?

除此之外,我愣住的原因还有一个,我看见青荇又绕到了枪北龙的身后,并把匕首狠狠地刺入了她的身体!

"青荇!"我又惊又喜道,"你!"

青荇来不及回我,化为龙型与枪北龙扭打在了一起。

我趁这个空当回瞟了一眼,发现弓西龙已然睡倒在地,似乎已经被青荇解决了。

"别愣着!砍她!"青荇挤出一句话。

我听后用刀朝着枪北龙的尾巴连砍数剑,可都没效果。

"你那把剑只能斩龙！"青荇吃力地说："打蛇打七寸，打龙打七十寸！"

"对不起！"我说，"七十寸是多少厘米啊？"

"照着脖子攻击就对了！"

"我够不到啊！"看着眼前这两个庞然大物高速互掐，我绝望道。

这时青荇的表弟已经自己挣脱绳子了，他也化作龙型，飞过我身边说："骑上来，快。"

我对他尚有疑心，但此时也顾不得这么多了，我骑上了他，他则默契地带我飞到半空，让我能接近枪北龙的脖子。

但枪北龙显然有了戒心，在与青荇扭打的同时也多次避开了我的攻击。鬼使神差的，我把青荇表弟的身躯当作一架长桥，起身踏了上去，我在长桥上快速跨步冲刺，到桥头时，我用力一蹬，凌空跃起，攥住了枪北龙的脖颈处，手上的长剑荧光骤亮，我看清位置全力一斩，剑刃深深地陷了进去。

下落时，青荇顺势把我接住，我骑到了她的背上。

枪北龙甚至都来不及叫唤，两只眼便失去光芒，轰然倒下。

青荇和她的表弟都化回人型，同时松了一口气。

看来是赢了！

我急切地拉住青荇，要看她腹部的伤口。

"哎呀！我是装的啦！"青荇捡起刚才那把匕首，操作了一下。

只见匕首的刀刃一进一出。原来只是那种能伸缩的魔术匕首啊！

"嘿嘿！"青荇的表弟走过来说，"还不是我聪明！我怎么可能真的送一把真刀去杀我大姐。"

事情总算结束了，我们的部队也很快找到了这里传捷报——他们已经把北国和西国的部队打跑了。

这下也终于可以宣布海底世界统一了。

我们带着欢悦凯旋，浩浩荡荡地回到我们的老地盘南国，举行了一场盛大的庆功宴。不过我们都统一了海洋了，应该叫国宴合适点吧。

"所以你就是在逗我玩咯？"我举着一杯南国特产的乌龟牌葡萄酒问青荇。

青荇捂嘴笑道："我只是照预言办事而已，预言说开一家网店，第一个买'龙蛋'的人就是命运选择的人。"

"哇！我就说你的话矛盾多得不行。所以那个'龙蛋'到底是什么做的。"

"就是普通的软糖啊。嘻嘻，我是真的第一次去人间了。"

"搞得跟个女司机一样！还第一次到人间？"

"不过。"青荇垂着头，用她秀丽的双眼盯着我说，"我倒是真的喜欢……"

我的脸有些红了。

"喜欢人间啦！"

"啊？！"

"蠢！"青荇用食指轻轻点了点我的脑门儿。

呀，这乌龟牌葡萄酒还挺上头的，我感觉自己已经很醉了，几经波折，我也是真的累了。不知是梦是醒，我被乌龟们抛起来，高呼万岁。不知是梦是醒，青荇亲了我的脸颊，说我喜欢你。不知是梦是醒……

我睁开双眼，发现自己静静地躺在自己卧室的床上。

看着窗外阳光下变幻的云彩，我心中怅然又失落。

这一切……果然是梦吗。

好长的梦。

我正失神回味着,我卧室的门却被推开了。我妈站在门口叫道:"还睡?不看看几点了!人家姑娘等你很久了!"

"姑娘?"我还没来得及问,我妈便离开了。

同时,一个长发姑娘走了进来。

"青荇!"我直接从脑海深处搜出了这两个字。

身着卫衣短裙的青荇坐到了我旁边说:"怎么了?这副表情!昨晚上醉得像死人一样,我都告诉你那个酒不能喝太多啦!"

原来不是梦!

"等等,有一件重要事情一直没做!"我灵光一闪,迅速从床上跃起,锁住了门窗。随后把青荇轻轻压在床上,"这下终于没有人能打扰我们了!"

就在这时,我的床"吱"的一声塌了。

◇ END ◇

He lives to this day

他活到现在

巨龙很忙

♥ 文/ 吞茶嚼花

首先最近恶龙协会忙着要改名,叫暖龙协会。为什么,因为领导们一致认为如今网上的童话故事里恶龙形象还不错,例如抓公主其实是为了给公主物色一个好丈夫这种,可以说是很五讲四美了。

像这种正面形象有利于打造IP,可以从实力反派转成偶像正派。男一号,片酬多,通告多,再也不用靠勒索公主度日了。

讲道理,如今是流量社会,拿到关注比勒索公主、抢劫城堡轻松多了,那些事不仅违法违纪,还有龙身危险,一个不小心撞到哪个龙傲天强化+13的剑上,挂了,多冤。而且很多公主都有公主病,又要亮晶晶又要布娃娃,很难哄。所以连我这种小透明恶龙写手,有时候也会在人类社会的某问答平台起个笔名,装装人类回答问题,比如叫吞茶嚼花什么的骗骗关注,万一火了呢。

等过几天协议签订,暖龙协会一成立,我们连抓公主的时间都没了,要爱护公主、爱护人类、爱护环境,为和谐社会发展献出一份绵薄之力。那时候还谈什么王子?抓王子干吗?抓来一对一交流感情出版耽美小说吗?可惜我们这边这种题材实在是不容易出版,不过写一本《睡在我上铺的人类》之类的兴许能火。

而且并不是非要抓这个抓那个才能火,比如我大表哥,最近迷恋上桌游,大表哥脾气不好,凶凶哒,一言不合掀桌子,还撕自己手牌,牌品超级差。不过人家掀桌子掀出名气了,如今在给好几家家具品牌做代言,日子过得甭提多滋润了,整天就管掀桌子。一边掀一边唱:"不用麻烦了不用麻烦了桌子不长你们有几个,一起上好了,正义呼唤我美女需要我恶龙很忙的!"

再就是前阵子和西海龙宫三太子喝酒,这小子原来整天趴在柱子上看风景,动不动抱怨取了趟西经人人只记得一匹马。连沙和尚都能开流沙河风景区了,他还是默默无闻,无语凝噎。

结果最近风水轮流转,龙的题材一火,这小透明总算熬出头了。跟某卫视签了约,出演一部人龙生死恋,偶像剧,八点档,现在整天忙着上综艺。我跟他打包票说兄弟可以,等咱啥时候有个十万关注了专门给你写一本《三太子的前世今生》、《霸道三太子爱上我》什么的。

话说到这儿,其实西游这个题材挺吸引我的。想一想,抓公主抓王子太累了,要不我也学唐僧出去走一走,世界各地绕一绕,逢人便说我从玄幻修真小说中来,往人类和谐社会去,目的不是取经,而是出本游记。书名我都想好了,就叫《搁你的全世界溜达》。

对了,最近在你们人类社会有个问题挺火的,问龙吃什么。

龙也吃人的好吗?不过近几年法律完善思想提高,就基本不吃人了。我们一般都自力更生丰衣足食,没那个工夫再抓什么王子来,又管吃又管住,难不成我还能给他发工资?再说你们人类社会食品安全真是个问题,前几天我一哥们儿好不容易偷只鸡吃,正赶上禽流感,挂了,你们也要注意一点儿。

其实看到我们龙在人类这边挺受欢迎，甚至还关心到了我们的衣食住行，我也挺开心，直到前几天我发现又有一个问题，问，龙该怎么吃？

卧×这特么就很尴尬了好吧？我们龙都对你们人类表现出最大的善意了，反过来要吃我们？你们的良心不会痛吗？你们对得起胸前闪闪发光的红领巾吗？你们还是自己口中的小仙女吗？我们龙表示就很委屈。而且，不要以为我们龙好欺负啊！虽然我们龙有我这种小透明写手，也有梦想成为小鲜肉的某白龙，有那么多普普通通温柔善良的暖龙，但我们还有一言不合掀桌子的大表哥呢，超凶的！

哦，还有个问题，问以恶龙的视角看骑士和公主是什么样的体验？

秀恩爱好吧？秀恩爱好吧？秀恩爱好吧？除了秀恩爱还能有什么啊！我没事儿看他俩整天腻腻歪歪的干什么？再加上这个问题，为什么就非要把我们跟骑士王子公主绑在一起呢？爱丽丝不行吗？小红帽不行吗？卖巨龙的小女孩不行吗？

你们人类里有个叫朱炫的，他说过一句话我以前特喜欢，超热血，是"公主死去了，屠龙的少年还在燃烧"。但我如今想一想，兄弟，别烧了，公主又不是我们杀的，没准儿是公主偷偷一个人去旅行了，没告诉少年呢？我们龙都解甲归田活在市井之间了，就别再惦记揍我们了，难道一定要赶尽杀绝吗？放在人类社会，我们龙怎么说也能称得上特特特级保护动物好吗。

所以，不是我们不抓王子，主要我们龙真的太忙了，每天奔波于柴米油盐酱醋茶之间，是要养家糊口的。什么骑士王子公主，跟我们不搭边的，我管他们是动作片还是三角恋呢，哼。

算了不说了，我要去某问答平台骗关注了。

我们龙很忙的！

◇ END ◇

扫龙

♥ 文/ 扛爹

你还记得故乡吗?

1

寒风瑟瑟,阿达裹着羽绒服出门觅食。

前方忽然驶来一辆自行车,七扭八歪地差点就撞到他身上,阿达一个急转身抱住路边的电线杆子上才逃过一劫。

电线杆上贴着好些小广告,他从上到下扫过去,突然看见里面混入了什么奇怪的东西。

一张纸上一个黑乎乎的二维码,下面印着一行字:给你个惊喜。

阿达掏出手机想了一会儿,决定还是扫一下试试。他想了,这最多就是个骗钱把戏,扫了以后卷走银行卡里二十万,阿达不怕,二十万对他来说算什么,那都是身外之物。什么叫身外之物,没有的东西就叫身外之物。

又或者扫完之后屏幕里会出现一个尖叫女鬼,不摔手机不罢休。

那他就摔，反正就连快递都不给他打电话，手机对他来说也是个可有可无之物。

这样一个与寂寞常相伴的年轻男子将手机对准了二维码，手机迅速识别，只听见"噗"的一声，屏幕里突然钻出来一个什么东西，先露出两只犄角，再来一双圆溜溜的大眼睛，就在背上那对翅膀出来一半的时候，手机猝不及防地被这冰天雪地冻关机了。

那双大眼睛眨了眨，嗷嗷嚎了起来："咋回事儿？咋灭了？我才出来一半儿！"

阿达瞪着眼睛一脸不可置信，伸手扯了扯它的角，这小玩意儿连胳膊都没来得及伸出来，现在的样子就像是半个身子被砌在手机里一样。

"你从哪儿出来的？"阿达试图把它从手机里薅出来，小东西脖子上的青筋都凸了起来却还是纹丝不动，它张嘴用尖利的小牙一口凿在阿达手上，虎口处立马有了两个往外沽沽冒血的小血洞。

这个小东西非常中二，咬了别人之后没有丝毫歉意，反倒使劲往上挺了挺身子大喊："啊！醒来吧！变身吧！"

阿达端着手机饶有兴致地等着它觉醒后，自己从手机里出来，结果半分钟后，两双眼睛大眼瞪小眼，除了雪越下越大以外什么都没有发生。

阿达打了个哆嗦："我要回家了中二小傻子。"

小东西撅着嘴喷火："我不是小傻子！我是龙！"

阿达看见那几点跟烟头火似的火星子"呸"了一声："你最好别是龙，人们已经把这个城的龙屠没了，你要是龙你会被杀的。"

小东西也不知是被吓的还是被风吹的，狠狠打了个哆嗦。

阿达看了看他："小傻子，要不我回去充电试试吧，开机了你没准就能出来了。"

小东西小小声地辩解："我是龙！龙！"

阿达顺手把手机放进兜里："我有点儿冻手，一会儿见，小龙子。"

2

手机刚连上充电器的那一刻，小东西突然开始剧烈抖动起来，甚至都抖出了残影。

阿达在旁边一脸惊悚，看见有电流似的光在小东西身上乱窜，片刻，小家伙吐了一口血，从屏幕里摔了出来，它边用爪子拍着自己的胸口还边抱怨："这做的什么破传送门！"

阿达看见它的翅膀和尾巴，吓了一跳，赶紧跳到窗边拉上窗帘，小声问道："你真的是龙？"

小东西被电得还有些后遗症，歪着身子走了两步"扑通"一声倒在了桌子上。它透过窗帘的缝隙里看见外面的世界被雪覆盖成白茫茫的一片，又晃晃悠悠地站起来伸着爪子扑腾，圆眼睛里发着锃亮的光："这儿下了雪竟然跟龙城一样！什么都看不见，只有白色的！"

小龙身子胖胖的，在桌子上站了一会儿就累了，窝着身子费劲地坐了下来。圆滚滚的小肚子往外挺着，阿达看着可爱便伸出手指头戳了他一下，问道："你怎么这么小就这么胖？"

小东西一副快要被气哭的样子："你又说我胖！他们本来只是嫌我长得小，一个劲儿地让我吃东西，想让我长高长大一点儿，以后好做龙城的继承者！但是谁知道我这么不争气，光长肉不长个儿。"

风呼呼地拍打着窗户，那声音像是被压缩成一条鞭子，凶恶恶地抽打着玻璃。阿达从浴室拿了条干毛巾出来给小东西围上，随口问了一句："继承者？"

小东西说话的时候手舞足蹈："龙城特别大！你知道吗，里面有很多龙，爸爸说以后要我成为龙城的王，让大家都听我的！"他又有点儿不开心地说，"可是我不要……"

阿达看着它，它也抬起头来看阿达："我记得在我很小的时候，有人跟我说，不要被任何东西禁锢，要永远自由……"

阿达听着这话觉得有趣，低着头笑出声音来，他摸了摸小东西的角："他骗你的。"

小龙被他摸得舒服，从桌子上慢悠悠地蹭起来，顺着阿达的手背爬上他的胳膊，又坐到他的肩膀上去，它眼睛半睁不睁有点儿困了，在阿达的颈窝上找了个舒服的位置靠着，声音飘飘地问："你怎么知道他骗我？"

阿达伸手在空气里比划了一下，小龙眼巴巴地看着他以为他能说出什么中听的话来，却不想阿达的手在半空转了个弯儿，把小龙提了下来："因为你看起来像个傻子，很好骗。"

他捏着小东西的两只翅膀，像是抓蜻蜓蝴蝶似的，小龙用力扑腾着爪子，最后被扔进了纸巾盒里。纸巾盒的口不大，他又有点胖，只能前后蹭，却怎么都出不来，阿达清了清嗓子这才开始严肃，像逼供似的问他："被你打岔弄得正事儿都忘了，现在你可以交代一下为什么我扫二维码会扫出来你了吧？"

小龙无辜脸："你扫的二维码干啥要问我。"

阿达盯着他上下看了一圈："要是让人知道我私自藏龙，保不好他们会把我一起弄死。所以……"他不怀好意地亮出手掌,又阴恻恻地笑,"不如我把你上交了吧,没准儿念在你还小的份上,他们不会杀你的。"

小龙吓得直扁嘴,竟"哇"的一声哭了出来,露出了小舌头不说,还吹出个鼻涕泡来。

3

阿达觉得自己就是个奶爸。

但是自己扫出来的龙,哭着也要养下去。

他给小东西煎了一块肉,然后坐在餐桌前听它碎碎念叨龙城旧事。小龙每说完一件事都会用闪闪发光的眼睛看向阿达,阿达实力冷漠:"所以你打算什么时候回你的龙城?"

小龙挂着一嘴的油坐在阿达的水杯沿上,尾巴在杯子里扫来扫去,溅了一桌子水,它伸出小胳膊举手提问:"你想不想跟我一起去龙城?"

它抬起胳膊来,瞬间坐得有些不稳当,"噗通"一声倒栽进水杯里。阿达把他捞出来放在杯垫上晾着,摇摇头:"我不去。"

小龙转着眼珠子:"爸爸现在不允许你去,等我当了王以后我就让你去!"

阿达又摇头:"那我也不去,我要在这里等人。"

小龙嘎嘎直叫:"等谁?我去帮你找他!"

阿达没说话,走到窗户边上往楼下看。他这几天就隐隐有些不安,直觉告诉他有些事情将要发生,从前天起,附近巡视的人开始增加,阿达有点儿烦躁,突然恶狠狠地掐着小龙的脖子大头朝下地把他往手

机里按:"你到底打算什么时候回去!"

小龙的脸与屏幕亲密接触,就是没法进去,他挣扎着说:"传送门只能用那一次,我再回去就得走这里和龙城的正规结界了。"

阿达心里愈发紧张,又不放心地侧着头往窗外看了一次,他住的地方无论是离结界还是屠龙军的军部都不太远,一般军部有什么动向他在楼上都能看得见。

这次他探头,远远就看见黑压压的一片穿着制服的屠龙军正持枪列队,站在一片皑皑白雪里无比醒目,一个肩上戴着金章的人正在指挥屠龙军队,像是在部署搜查。

阿达心里警铃大作,顿时觉得不妙,回头抓起湿漉漉的小龙就进屋,他快速又小声地说:"屠龙队好像有所动作,我不知道他们是例行检查还是发现了你,你先躲起来,无论发生什么你不要说话也不要出来,知道吗?"

他到了卧室搬开床头柜,露出墙上半空的一个洞来,把小龙放了进去,小龙四下打量这个地方,有些好奇:"这儿为什么会有个洞?"

阿达见它一脸天真模样,忽然有些难过:"等躲过去了我就告诉你。"

小龙转着眼睛"嗯"了一声,又跟他加条件:"那你要把你等的人是谁也告诉我。"

阿达缓缓点了点头,将柜子挪回原位,那个漆黑空洞彻底闭合之前又看了小龙一眼,他垂下眼睛,忽然涩涩地说了一句:"你还不知道吧,我们等的可能都是回不来的东西。"

小龙错愕地睁大了双眼,眼睁睁地看着柜子遮挡住了阿达的身体。

阿达坐在客厅的沙发上,眼睛注视着窗外,只见屠龙队迅速分散成好几个小分队,其中一队正向他住的方向而来,阿达的心怦怦直跳,他拉好了窗帘,打开了电视。

过了一会儿,果不其然地听见了门外有些嘈杂,紧接着就有人敲门,敲门声愈发大了起来,仿佛知道屋里有人似的。

他只好站起来神态自若地开了门,屠龙军的人站在门口问:"怎么这么久才开门?"

阿达咬着牙搓搓头发:"刚上厕所来着。"

他低头打量了一下来人,带队的队长手里拿着个超远程热感仪,后面跟着三个队员,每个人都是有备而来。

队长目光锐利地往屋里探头:"是这样的,近来我们探测到一些东西,怀疑龙城创造了特殊结界进入我城境内,希望你配合我们,让我们进去搜查一下。"说罢他敬了一个军礼,都不等阿达同意,不容分说地冲身后的队员招手进门。

阿达只好让开,队长上下打量了他一圈,问道:"自己住?"

阿达点了点头。

几个人先用肉眼四处扫视,客厅很空,只放着几样简单的家具,一眼便能看过来,即便有东西也无处藏身。

队长带着人渐渐走向卧室,阿达的心也紧巴巴地揪了起来,他看见队长从怀里掏出了一个最新型的迷你感测仪,一步步缓缓地靠近,打开感测仪开关的瞬间,屏幕开始剧烈闪烁,并爆发出刺耳的警报声。

队长眼里一寒,警示灯愈闪愈烈,他喊道:"这儿有情况!"

阿达心里一紧,勒住了队长的手腕。

4

他勒住了队长的手腕。

那是快要遗忘的,不知究竟多少年以前,和那个男人一模一样的动作。

那个男人心怀悲伤眼底带血地问:"为什么一定要杀它们?"

当时那一任队长冷冰冰的声音,阿达直到现在还记得,他说:"人和龙共同战斗的时代已经结束了,它们有太多的作战经验和比我们更强大的能力,如果不在此处扼杀,总有一天它们会反抗、会觉醒,到时必然会威胁到我们的地位。"

他拍了拍男人的手:"你放心吧,我之前处置过好多了,不用心疼,它们说好听点儿是龙,说不好听的还不是些畜生。咱们新研制了一种枪,现在的威力可比以前强多了。靠普通的枪就算挨上百八十弹都不足以杀死它们,现在只需要十发,就能彻底崩坏它们的血液系统和肌肉组织。"

男人仍不放弃:"为什么一定要杀死呢,驱逐不行吗?放他们回龙城不可以吗?"

队长和男人也曾一同经历过战争,在战场一起浴血奋战,他看了看男人,把他拉到一边:"不是我们过河拆桥,而是早晚总要走到这一步。我们人类是要主宰世界的,是不允许有任何一个可以与我们匹敌的物种存留于世的,现在一切都处于混沌,人与龙还有千丝万缕的关系,不能等局势明朗化再动手,到时候人与龙彻底分为两个阵营,再想取胜就难了,阿齐,你也是上过战场的,知道我们到了今天这局面究竟有多难，那时候你还想安安逸逸地住上这种房子，简直做梦！"

当时那个地方不是这样的楼房，倒也算个安乐窝。那本是块空地，是阿齐带着人亲手盖了这个房子，只是后来这地方又不知更迭了多少次，坍塌、破坏、夷为平地又重新建起。

他们是剑士，是骑士，是王城初建时的第一批斗士。那时候的天都不是淡蓝恬静的样子，人与很多强悍生物生活在一起，天上被各种不明的飞行生物盘旋侵占，发出刺耳的叫声，地面上同样是无比荒芜，粗壮的树根死死勾住土壤，盘根错节地无限延伸，巨树下生长着无数毒性植物和动物，它们有着同样漆黑的面貌，把它们带有斑斓颜色的毒液隐藏在黑夜似的身体内，出其不意地开始袭击。

人们从破败而坚定的石头房子里探出身体。在这世界上行走的，无时无刻都在觊觎着这一方土地和人类的，是无数群各式各样的危险生物，它们几乎拥有人的智慧，还拥有一种天性般的组织纪律。

它们有的长着无比粗壮的六条腿，身体庞大，虽不灵活却无比有力，喜欢成群出没，它们笨重地奔跑，速度不快却步伐巨大，每一步都像一座巨峰一样压死许多人。

还有的生物与人相似，说着异族般的语言，它们动作敏捷，能迅速奔跑也能在低空飞行，他们飞行至人类头顶时，会亮出钢刀一样的爪子，直逼人的天灵盖和双眼。

世间万般皆凶恶，人像是误入了地狱，所有生物都自带刚硬铠甲，唯人无比脆弱，他们还没有国家，像是零星分布在土地表层的蝼蚁，靠一己之力只有走向灭亡和覆灭。

可在这样乌烟瘴气的世界外，有一个终日寒冰常年冬雪的地方——龙城。

龙是一种怎么样的生物呢？强大而善良，像是从冰封里凭空生长出的圣洁生物，他们本身自在，虽然也受各种险恶生物的骚扰，其威力却不足以扰乱他们冰城里的生活。

龙城的山遥远，高而巍峨，上面覆着冰石白雪，人们灰败的脸上带着血，逐渐地对那样的洁白之地动了心思。

人们历尽艰难跋山涉水，一路死死伤伤终于来到了龙城之上，血被龙城刺骨的寒冷凝结在衣服和身体上，人们从未经历过这样磨血煞骨的寒冷，他们哆哆嗦嗦，满目都是刺眼的白，有龙在半空中飞，张开翅膀透过光来，他们抬头痴痴地望着，声嘶力竭地喊道："救救我们！救救我们吧！"

那一日是新成年龙的飞翔仪式，它们照例要在王的飞翔之后，先后在龙城空中绕行十圈，此时在天上扇动翅膀的是一只很漂亮的龙，它听到有声音呼喊，擅自落了下来。

这是一只刚刚成年、威风凛凛的龙，它的身躯并没有特别健壮但看起来却十分好看，它落到地面看见濒死的人们，问道："你们为什么在发抖？"

人们听不懂龙的语言，只有一个人虚虚弱弱地走向前，说了几个单词："太……太冷了。"

那个人就是阿齐。

他小时候曾从某个地方听来一些龙的语言，那不是一种野兽的嘶叫，而是一些比人类还要彬彬有礼的单词和句子。

"我感觉不到冷。"龙说，他伸出了爪子靠近几个人，他们连滚带爬以为龙要杀死他们，阿齐却始终仰着头，非常艰难地才看见龙的眼睛：幽深、快乐、单纯。

阿齐靠近了龙，龙的肌肤散发着热，爪子上的皮又硬又粗糙，却连皱褶里都散发着温暖。

他招呼人们："没事的，暖的。"

龙轻轻地用爪子拢起他们，忽然听见飞到半空的龙叫它："怎么回事？怎么飞了一半就不飞了？"

龙又重新回到天空底下，阿齐缩在龙的掌心里，脱离了寒冷，他听见龙说："我不飞了，有远方来的朋友们要死了。"

5

求救的重任都担在了阿齐身上，他艰难地寻找着脑海里所有的词汇向这里的王解释："我们来自外面，被很多……东西欺负，大家都快死了，希望你们……能救救我们。"

这个世界大家原本也是知道的，初始时只有人和龙两个物种，后来有越来越多的东西入侵，才到了这样生灵涂炭的地步。

王在犹豫，当时什么都没说，只把他们放在山的深处，很温暖的地方让他们养伤。

之后龙城内部开始了激烈的交涉。

"我们不该管这种事，这对我们没好处，那些生物又不会伤害到我们，是不是？"王扫视了一周，询问大家的意见。

它的大儿子，以后的继承人，也就是救了那几个人类的龙也加入了讨论："既然伤害不到我们，那为什么不帮帮他们呢？那边本来就该是他们的家园，就像龙城永远应该属于我们一样。"

王很坚持："优胜劣汰这是很自然的事情，我们不必多管闲事。"

龙有些不服气，虽然也知道是这样的道理，但是它刚刚成年，总想做些什么事情证明自己，于是便负气飞走了。

它站在包围着人的那座山外，不过也就三米高，伸着脖子能从山洞里探进脑袋去。

阿齐见了它，乐颠颠地跑出来向它说："我们正在画最新的铠甲，能让我们抵御生物的毒液。"

龙不太高兴："我可能帮不了你们了，我爸爸不让。"

阿齐用力把它往外推了推，自己也走了出去，刚站在外面的空气底下就开始瑟瑟发抖，龙又托住了他。他说："没关系……我们很聪明的，虽然身体脆弱，好像一不小心就会死，但是我们脑子很厉害，相信在不久的将来一定可以找到打败所有生物的办法。"

他打了个巨大的喷嚏，外面的世界到了冬天，龙城的天气也越来越冷。

阿齐突然问龙："你呢，看似自由，其实也只能在龙城里飞。你还记不记得原来的世界？"

曾经人类生活的世界，四季分明，与龙城的天空连成一片，可那里又与龙城不一样，那儿的天空会随着时间随着季节，飘飘地落下雨，刮起风，太阳在那里出生，月亮也从那里降落。

龙也曾经听说过，就是没有亲眼见一见。

"世界很大的，各种各样的山海，千奇百怪的花草，我们会在春天洒下一大片的稻田种子，看着到处绿油油的树叶，人们站在风中，头顶着温润的阳光，就那样一直活下去。夏天呢，我们光着身子跳到河里，把里面的鱼抓出来两只，用树枝串起来用火焰烤熟，然后作为晚餐，吃完以后我们围着火堆跳舞唱歌，对了，你们会不会唱歌？"

龙甩了甩头："不会，什么是唱歌？"

阿齐轻轻地哼了两句调子，还是自己随口编的。

龙学着他的样子发出拐着弯儿的声音，可能是音色沉闷，声音里竟带着些哀哀之音。

阿齐笑了，摸着他的爪子跟它说："等我们赢了，你们就从这里飞出去，到外面去看看原本的世界，我们会建一个拥有世界上所有美好东西的家园！"

龙愣住了，一阵狂风席卷过来，它第一次感觉到了冷，龙城四面环着冰山，那冰山不曾与天相接，可它们竟从来没有一次想着要飞出去。

它望着自己生活的地方，永远只有蓝天和白雪，它终于第一次意识到了，原来这里，只是一个披着自由外衣的无形牢笼。

6

龙成年以后按理来说就要继承王的位子。

王从小就告诉它："你以后要成为龙城的王。"

现在它看向自己的父亲，只觉得有万千的枷锁禁锢，桎梏得动弹不得。

王来了，跟它说："我的时代结束了，现在该你了。"

所有隐形的镣铐都从王的身上卸了下来将要戴在它的身上，它一下子跃到空中，嘴里喷出火来，怒吼道："我不要！"

它知道这并非是开启一个新的时代，而是以一个千百年都不变的样子不断重复旧时代。

它的人性从阿齐跟自己说那句话开始才真正觉醒，

阿齐说："不要被任何东西禁锢，要永远自由。"

它不再愿意被禁锢，也不再愿意留下。于是它跑去给很多龙讲故事，讲那个它憧憬的人间，讲那个它听过却没见过的人类世界，很多年轻的龙像它一样，决定离开这个梦似的玻璃壳。

它们从龙城飞了出去，龙的背上趴着阿齐，它已经开始学习人的语言，它对阿齐说："我要把那个世界为我们抢回来，为了美好，为了自由。"

天空就是一块黑色的布，上面爬满了肮脏的臭虫，龙破开了那样的脏浊，像是从天上唯一干净的缝隙里降落，飞出来的龙的数量不在少数，几乎要掏空整个龙城刚刚成年的年轻龙，它们的眼睛闪着决胜的光，扒开渴望胜利的眼底，里面是它们刚刚理解的真正自由。

人们士气大振，从石头房子里跑出来欢呼，明明还没有开始就已经觉得胜利在望。

空气里飘浮着各种各样的味道，血腥和恶臭，一切都是腐烂和酸性毒液的味道，人们做好的新铠甲，剑士铸好了新的剑。

阿齐焕然一新地看着龙飞舞在空中独自斩杀那些带着深蓝翅膀的生物，龙既有力量又有智慧，在战斗时凌驾于所有生物之上，也唯有此时才会露出可怕的狰狞面目，它们的爪子既灵活又锋利，它们快速地滑翔，快要逼近的时候开始喷火，火焰直冲冲地喷出来。天空里终于有了深沉以外的颜色。

人类终究是智慧生物，他们正以一种惊人的速度成长着，灵敏的脑子飞速运转，利用所有东西想尽办法武装自己，保护自己，他们与龙合作，以龙为坐骑，为武器，纵横在天上地下。

"阿达，把这个吃了。"龙也第一次有了自己的名字。

龙趴在阿齐面前休息，任他爬到自己的嘴边，将一大筐草倒在地上："我们新发现的，这能解毒，吃了明天该去树林了，为了试出这种草，我们还牺牲了两个人。"

那些草对于龙来说并不算多，它动了动喉咙只吞了一口，地上便只剩草渣了。

天渐渐黑了下来，他们终于获得了短暂的宁静，天上飞着的，再不是那些入侵的东西，而是露出夜色里的星空来。

阿齐躺在阿达的背上，听见远方有人兴奋地大叫："是星星！我终于看见星星了！"

附近的人都开始喧哗，他们骑在龙的背上往天上飞，好像飞高了就能碰见星月似的，阿达也很高兴，它忽然想起一个很早又很缥缈的传说来。

"我以前听爷爷说过，我们是可以化成人形的。其实你可能不知道，有很多东西，各种生物，都是想化作人的，虽然弱小，却是包含一切的最完美状态。爷爷说过，当我们的内在变得和人一样，当我们真正理解了人类生命的真谛时，我们就能变成人的样子了。"

阿齐咯咯地笑："爷爷可能觉得你傻，随便骗骗你，怎么可能变成人呢。"

人们开始吵闹，他们用树枝生了火，围在一起，响亮的声音从一个男人的嘴里传出来，婉转悠长，他在唱歌，随后很多人也跟着一起唱了起来。

他们唱道：

你看天空下的湖，

你看湖上面的天，

你看天空下的我们，

你看我们笑起来的脸，

……

7

终于，他们胜利了。

整个世界都像是水洗过一般。

在城中央的人们用石头搭建了高台，骑士首领将自己的名字写在一块布上，他转动着眼睛，看着弯腰在他面前的众多人与龙。

那块布成了国旗，他将它挂在了旗杆顶端。他的龙在他的旁边昂首挺胸欣赏着这个被血洗净的世界。

骑士首领突然转过了身，反手将自己的剑插入了龙的喉咙。

此时此刻，他不再是骑士首领，而是这个国家的主人。

他下了命令，他要所有人都杀掉与自己并肩作战的龙。

这时候的人已经不再是苦苦挣扎和求救的懦弱人类，而是愈战愈勇、在战争中浴火重生、自造铠甲的强大王者。他们有许多武器，他们有火药，有枪火，他们在战场上历练，飞快地提升自己，这个世界上再也没有他们的对手。

人类将要主宰世界，唯一还没有得到的就是那个龙城。

他已经酝酿很久了，他将所有人和龙都做编号，要么就由人亲手杀死龙，要么就由他带着人将双方共同处置。这只是开始，他的最终，是要杀进龙城里去的。

人的欲望无限壮大，世界主宰的地位近在眼前，这样邪恶的念头愈演愈烈。有人杀死了龙，有人悄悄地把龙放回龙城，又被暗中成立的屠龙军杀害，他们刺穿了曾经难舍难分的羁绊，站在鲜艳的旗帜下得意洋洋，也有不少像阿齐这样的……

把自己的龙藏起来，藏过一天是一天。

他将储存粮食的巨大石室空出来，把龙藏在里面，阿齐站在那里，任失去人性的人们的欲望在他身上攀爬、燃烧、蔓延，最后成为一片血海。他直挺挺地站着，没有回头看，那时候人们还没有探测仪，只能凭手和眼睛来翻找，他将阿达整个身体都藏在卧室床后的石室里。

龙趴在里面，轻轻地喘着气，它仍是不敢相信，是人类将刀和枪对准它们，想要让它们死。

他听见外面激烈的争吵，又忽然听见男人大喊："你们放过它吧，我答应了它很多事都没有做，让我去死，然后你们放它自由吧。"

那个男人，他很厉害的，是新国家数一数二的剑士，有多少人成天眼巴巴地盼着他的死去，以便夺取他的位置。

这些都是一路阻挡着人站在高台上的屏障，无论是厉害的龙还是强大的人。

龙很想出去，它意识到将要有特别不好的事情发生，可是它出不去，它找不到石室的开关，它只能屏息听着。

有人正在哈哈大笑，一阵笑声之后，是剑，落在地上的清脆声音。

它好像能听到血流淌在地上的声响，潺潺的，像是小溪水一样的，温柔宁静的声音。

有人踏着正步离去，外面的门"哐"的一声关上，一切更加安静了。

龙剧烈地撞击，用尽各种办法，它向整个石室喷火寻找出去的路。

它眼里的火与周围的火光相互重叠,它大声地喊他的名字:"阿齐!阿齐!阿齐!"

从前的每一次它都会听到回答,而这一次,窸窸窣窣地,它听见有人爬了过来,敲了两下密室的门,力气很小。龙拼命地把耳朵凑到门的旁边去,不断地问道:"阿齐,是你吗?是你吗?"

男人爬来的路上已经绽开一地鲜血,他们曾经战斗的每一天都像这样血沥沥地开出红色的花来,男人虚弱地连说一个字都费力,他用了好半天工夫才摸到了密室的开关,那个按钮装在床的下面,按下去的一瞬间,阿达带着一身火重见光明。

它浑身滚红,男人看着它说:"我将自由还给你。"

龙流下了眼泪,可它浑身滚烫,几乎能融化这世界上所有的东西,它在地上打滚,把水倒在身体上,它觉得自己已经凉了下来,这才敢把男人搂紧怀里。

可男人的身体,已经比它还要冰凉了。

8

"哥!哥哥!哥哥!"

阿达突然听见有人在喊,这声音熟悉又陌生,他有些想不起来。

他对上了队长的眼睛,耳朵里满满都是多年以前阿齐用命换来的那句:"我将自由还给你。"

他忽然想起自己离开龙城的那一天,他的身边有一只很小的龙,那是他的弟弟。

龙城还是像从前那样每天都下了雪,他从小便是那样,张开翅膀在雪里面穿过，沾着一身的雪花去很远的森林里摘一朵花来，给那只小龙，小龙很小，还不会飞，只能用爪子捧着那朵他摘来的花问他："哥哥，会飞了以后是不是就哪里都可以去？"

他用爪子在弟弟的头上笨拙地拍了拍，点点头，教给弟弟男人说的那句话："不要被任何东西禁锢，要永远自由。"

他觉得那个叫阿齐的男人很好，他意气风发，健美强健，是那样鲜活的生物，他流出来的血是滚烫的，滴落在他的后背上，就像他死的那天龙落下的眼泪一样滚烫。

他从石室里出来，抱着阿齐的尸体。

窗外忽然一阵飓风，天空开始阴沉下来。

不是变天了，而是有龙张开了翅膀遮住了光。窗外开始了新的战争，人与龙的战争。

龙仍然保有最原始的作战方式，用自己的身体和力量反抗。

它们挥动着翅膀破坏人类的建筑，又用身体围成一圈在空中盘旋，迅速冲向地面破坏土壤，它们用火烧了森林，又将烧灼成黑色的灰烬投入河流里，这样的风景本是他们和人类一起夺来的，人类率先背弃了约定，即便如此，此时此刻它们仍是不愿意伤害这些"背叛"自己的朋友。

人类的枪口对准了它们，有人冲着他们喊："现在的人类是不会输的！"

留下的都是些冷血的人，他们冷漠地持枪向着龙扫射，有些龙死了，有些龙飞回了龙城，可人们仍不罢休，竟向龙城的方向攻打过去。

龙城冰雪如旧，他们本在这狭小的天地里无比快乐地生活，却被人在身体里注入了自由的种子，人们在那个种子上拴了一条绳子，另

一端埋进了龙的心里。

他们现在却又要残忍地把那条已经跟心长在一起的根深蒂固的绳子扯出来，鲜血淋漓的。

人们装了火药对着雪山开始轰炸，用裹着火的箭向着龙射去，他们不再惧怕寒冷，身上厚重的盔甲让他们无坚不摧，龙终于发出了凶恶的嚎叫，撕扯着嗓子，到了人们的射程之外，抓起带着一层厚实寒冰的巨石向人们狠狠地砸下。

有一万支箭在天空绽开，有无数的枪声在空气里响起，龙用自己的身体连成黑压压的一片，用最前方的龙的身体当做盾牌，逼近只能在地上行进的人类。

阿达立在很远的山顶，愣愣地看着，不会的，不会的，它想着一定不会是这样的。

曾经他们一起笑，一起说着以后要飞去哪里，那样娇小的人就坐在它们的背上，那样的话它都没有忘，人又怎么会忘。

这时候的龙终于醒悟，它们开始认真与人争斗。人虽渺小，血肉之躯，可他们却那样聪明，用着无上的智商与龙的力量对抗，竟就这样僵持了许多年。

阿达没有参与，它飞去了树林里，夕阳在茂密的树叶缝隙里透出红橙色的光来，它听见风吹动叶子的声音，它想，原来夏天是这种温柔的样子。

阿齐的血肉早就不见了，只剩下被埋在树林里的白骨，阿达站在那儿一动不动，过了很久才缓缓张开翅膀盖在他的坟墓上，它轻声说："我还是不信。"

它很委屈，从来没有这样的委屈："我不信你走了，也不信以前在晚上给我们唱歌跳舞的人类消失了。"

远处传来的硝烟战火，一声一声好像要在它心里砸出一个洞来，它仍是不相信那样冰冷的剑刃和炮口是对准他们的，它硕大的身躯像伏在森林里的山丘，从这个国家的地底下长出的无数脉络，紧紧地把他拴住。

它曾经那么渴望真正的自由，可它现在觉得无论在哪里，那样的东西都不会有了。

因为拥有爱的代价便是，失去自由。

9

"哥哥！哥哥！"那个声音还是坚持不懈地喊着。

他忽然反应过来，勒着队长的手更加用力，他哑着嗓子说："不要。"

队长抬起了脚要往卧室走，他"扑通"一声跪在地上，死死地抱住队长的腿，他大喊着："不要，我求求你不要！"

队长严声厉色："当年那场大战僵持了多年无果，我们已经妥协了互不干扰，只要它们不从龙城里出来，我们就井水不犯河水，今天这是它自己找上门来的，你私藏龙还一直阻拦我，你要知道我是有权击毙你的吧？"

队长的眼睛里没有一点悲伤和难过，这只是一份再寻常不过的工作，不是杀戮，没有血腥，他们究竟是不记得曾经了，他那么怀念和留恋的曾经。

阿达知道，龙城里很多龙都知道它还活着，它们曾经看见它张着翅膀在外面的世界留恋，它并没有回龙城，所以一早就被龙城立为了

背叛者。不光在这儿要死，回到家也是要被处死。

不知多久过去，忽然有一天龙落到了地上，竟一点点开始敛去翅膀，它看着自己的身体在阳光下一点点缩小，趋于透明又化作实体，它竟然真的变成了人的模样。

它想起了爷爷说的话。

人真是上天造下的最好的东西，他们身体里含裹的是巨人的灵魂，所做的一切事情都在渐渐脱离本性而趋于自我控制，就像他的阿齐，心甘情愿地为了它赴死。

它带着人的身体，索性开始像个人一样活着，潜藏在这变化多端的人类世界里，它等待着有一天他失去的那些人能重新回来，会笑着跟它说："我们想去哪儿就跑去哪儿，想去哪儿飞都行。"

它望向碧蓝如洗的天空，思索了许久。

阿达就这样想起了那么遥远却不能忘记的事，他的眼里蓄满了水，无比悲伤地看着队长，他问道："非要死吗？"

无论哪一任队长，他们都冷漠如初："每个国家都想主宰世界，我想你懂这个道理，面对有威胁的生物，我们不得不这样做。"

这么多年来，什么都不曾变。什么都不曾。

所有的一切终于彻底坍塌，他绝望地松开了手，摇了摇头，轻声地说："不用进去再找了，我才是龙。"

他忽地一下化身为龙，就那样静静地趴了下来，它很庞大，充斥了整个屋子，它的一双眼睛也是巨大，正对着队长，看得他害怕，男人便举起了枪，冲着那摄人的眼睛开了一枪。

子弹没入进去，在一汪泉水里开出一小朵红色的花来，随之而来的是泉水，深不见底的眼睛里，"哗哗"地淌出水来。

它忽然听见它弟弟用龙的语言问他："哥哥，你忘记故乡了吗？"

弟弟前两天还说，龙城还是总下雪。它说："我有个哥哥，以前总在下雪的时候去很远的森林给我摘花。只是后来它走了，爸爸说它是叛徒，回来就要杀死它。我现在自己也能去摘花了，可我就像是长不大一样，它走的时候我就这么小，现在还这么小，我好想快点长大。我虽然也很想要它说的自由，虽然不想做龙城的王，可我一想到，我成了王以后，我就可以让大家不要杀它，我就觉得，自由和哥哥比起来，算什么东西……"

它知道。

它全都知道。

从它出现的那一瞬间，它们就把对方认了出来。

龙从喉咙里发出一声哀叫，它把尾巴伸进了卧室，轻轻一扫就将床头柜挪开了，它也用它们的语言，那种闷闷，听起来安静又凄凉的声音说："……不要出来，哥哥不会再回去了。"

小龙哽咽着，低头看了看自己的爪子，把它轻轻柔柔地放在哥哥的尾巴上摸了摸，它已经很久很久没见到哥哥了，它在来之前特意飞去了那个长着野花的森林，摘了一朵小花，准备找到哥哥的时候送给它，它一路藏着，那花早就凋谢了，只剩下蔫巴巴卷成一团的花瓣和干黄的茎叶，它拍拍哥哥的尾巴，让它把花卷起来，可那花杆那么细，尾巴怎么能把它带起来。

小龙看着那朵本来就不好看的花被折磨得更加七零八落，最后飘飘摇摇像碎片一样落在地上，终于哭了出来。

10

  龙看着曾经阿齐住的石头房子，在不断变迁的年月里，变成各式各样的样子。

  它总是会想办法在其中找一个地方住。不知怎么，它也总会在床的后面留下一个石室，就像当初阿齐藏住它的地方一样，它想，会不会有一天自己还会被逼着躲进去。

  那一天没有到来，有时候它就觉得自己像个真正的人一样，耗着日月轮转，一天一天地过去，一天一天地忘记。

  它见证了人类世界翻天覆地的变化和进步，他们正义向上，温文尔雅，他们谈吐得体，讲着人间大爱，它在人们日益优雅的风度里以为自己看见了曾经。

  直到这一天，它的弟弟蓄意地闯到了这个世界，它没有与它相认，它以为弟弟也没有认出自己来，他怀着忐忑不安的心把它带回家，一边想着人类会不会已经改变了，一边惶惶不安地保护着弟弟。

  枪声响起的时候，它好像又出现了幻听，就像当初在石室里就能听到外面阿齐淌出的血一样，它又听见了弟弟的哭声。

  它想告诉阿齐，这个世界真的如他所说的那样，有着所有美好的东西，它领略过了，见识到了，它又想告诉弟弟，回家去，同样是天地，同样是空气，在哪里都是生存，不必追求什么不被禁锢的自由，否则下场便是连灵魂都沾上鲜血。

  龙曾经追逐过，挣扎过，逃脱过，可它这次并没有反抗，它害怕自己张开翅膀会带来更多的战乱。

枪声接连不断的响起，无数的子弹嵌进它的身体，那一刻它才真正地确定，它所等的人们，真的不会回来了。

11

所有的一切都归于宁静，人们踩着血的脚印又踩进白色的雪里，一直延伸到看不见的地方。

一只小龙从房子里小心翼翼地溜出来，它的脸上还挂着眼泪，这周围聚集着很多人正议论纷纷。

"哎，听说了吗？刚才屠龙军在这儿杀死了一条龙。"

"龙？怎么他们还在杀龙？说起来龙不是我们的恩人吗？"

"你可小点儿声，他们连恩人都杀，要是让他们听见咱们在这儿说这个，咱俩的命估计也不保了。"

小龙揉了揉眼睛，贴着墙迅速地溜走，站在守卫森严的结界旁来回踱步。

忽然它听见身后有一个小孩儿的声音："你是龙吗？"

它心惊胆战地转过去，看到一个穿着奇怪、光着脚丫的男孩儿，他怀里抱着一个箱子，正歪头看着小龙："你别害怕，我是结界师，你要回龙城吗？我可以做个新的传送门把你送回去。"

小龙警觉地张开翅膀，紧紧地贴着墙根儿做出攻击的姿势。

他弯腰将小龙捧了起来塞进怀里，小龙下意识地喷火防备，小男孩儿看了看手上烧焦的皮肤问他："这是你们第一次跟人见面的礼数吗？"

小龙不吱声，它被人类吓怕了。

小男孩却又笑了说："这个世界总有一天会改变的，你相信吗？总有一天人会控制住自己的欲望，知道究竟什么才是值得珍惜的东西。"

　　他把小龙藏在胳膊里，用手撑开了一道隔绝感测的结界，迅速穿过了屠龙军的营地，他们走向无人踏过的新鲜雪地。

　　小男孩突然问它："雪融化以后就是春天了，你要不要见一见春天？"

　　每一个故事的时间线里都有过春天，那样的季节因为自然生长所以一定会到来。

　　而我们期盼的结局，就像是开满了鲜花的春天一样，也一定会出现在某个新故事里。

　　你相信吗？

◇ END ◇

天界神仙搭档

♥ 文/ 池袋最强

1

老生常谈了,我是一条龙。家里排行老二,大伙儿都叫我龙二爷。我有个CP叫凤凰。

然后它死了,于是我成了传说中的寡妇,呸,鳏夫。

我行走人间好多年,留下许多传说。

但大部分都是假的。

那些人类一天到晚瞎掰扯,今天说我强奸了谁谁谁,明天又说我在天上玩飞机。

作为神龙,我觉得我该大度点。

但就是好气。

2

龙生漫漫,刚开始没那么多事情做时,我经常几百年几百年地睡,

后来我沉迷上网。

港真，我技术很好，队友很坑。

那群辣鸡小学生，作业没做完就上来摸鱼。

尤其是打野的瞎乱晃，对面打野的还是爸爸，有事没事过来怼，不知道自己怼的是真爸爸。

每次气得我摔键盘，撸袖子想施法过去干死猪队友时，我的同居人就会冲过来阻止我。

他是一只龟。

3

龟大概比我大几个月的样子。

也是神仙。

以前不熟。

认识它完全是个偶然。有次我在煲剧，那剧虐得我眼泪哗哗的，结果导致住的那片区域一直在下雨。

我哭的时候天上会下雨，嚎的时候会打雷。

我也不想的。

属性因素，谁让我是多愁善感的一条龙。

龟的家被我的眼泪淹了。

他气得要来和我打架。

没打赢，于是就搬来和我一起住了。

再后来我们就变成了搭档。

中间没漏剧情，只是神仙都比较单纯。

4

在天庭我相当于公务员，偶尔摸鱼。

每次出差都要去离家很远的地方施云布雨。

但是惹祸就要被扣工资。

哦，我们的工资相当于修为。

我就被扣过一百年的。

因为要我布雨的那段时间我正在冲钻石段位，结果导致没能及时降雨，蝴蝶效应影响了那个地段好几年的干旱。

游戏误我。

5

然而也不知道是不是神仙职位太难考。

几百年都没有新人入职。

职员供不应求，公务员还得客串居委会大妈。

没事这里除除妖，那里封封阵。

琐碎之事极多。

还有行规约束在身，不能吓到人类。

龟和我搭档，有时候去热闹的地方不能用仙术突然出现，只能老老实实买票入场。

我和他都有身份证。

我叫龙富强，他叫龟正义。

6

我觉得他好浪费我的姓氏哦。

他知不知道我的姓氏多尊贵？

龟捏着身份证，听见我这么说，反驳道："上头让我们低调点。"

我觉得光这个名字就土得很高调了。

在这个年代，像我们这种级别的美男子，哪会取这么弘扬社会主义核心价值观的名字。

7

其实我们经常出门打怪，按理说已经看遍妖魔鬼怪、千奇百态。

但日本的鬼片，泰国的惊悚片，韩国的血腥片。

娘西皮！

吓得我晚上不敢一条龙睡。

我抱着枕头去找龟，龟无情地拒绝我。

他说："记住你是一条尊贵的龙，怎么能怕鬼呢？"

我眼泪巴巴："你这是偏见。"

龙凭啥不能怕鬼？！

我打怪的时候，因为龙威，鬼都是吓得掉头就跑。

鬼片里的都不跑，还突然窜出来张大嘴巴眼睛流血地吓我，害我差点打烂电脑。

8

龟一直吃素,我问他干吗不吃肉。

龟幽幽地捏着碗说:"我给你讲个恐怖故事。"

我捂着耳朵说:"你快讲快讲。"

"从前有个人叫富强。"

"嗯嗯。"

"有天他问了一个问题。"

"然后呢?"

"他问乌龟为什么不吃肉。"

"……"

"最后他就死了。"

"……"

龟继续说:"从前有个人是小明的爷爷。他比富强活得久,你知道为什么吗?"

我低头吃饭:"因为小明的爷爷从来不多管闲事。"

龟微笑道:"乖。"

9

天庭突然发来一个重要的红头文件,让我和龟去一个地方,说妖神有再次出世的迹象。

我和龟匆匆赶到文件的指定地点。

那是一条河。

百年前还碧湖草绿。

百年后就乌漆抹黑。

我觉得妖神在这里复活不太可能,光是污染就能把他脏死。

龟很认真地探查水里的妖气,我捏着鼻子站在一边。

龟站起身脱衣服,他说他要下去游两圈,这里的小精小怪都被污染逼走了,他没法召唤过来问。

我大惊失色:"你不要那么拼吧,打份报告交上去就好了。"

龟严肃摇头,抛下一句"等我",毅然决然地变回原形扎进湖里。

10

我决定要和龟保持几天距离。

还有他一个星期内不能用家里的浴缸和我的小黄鸭。

11

龟上来的时候没穿衣服,我出于人道主义拉他。

结果我们被路人拍到了。

发到微博上红了。

#一对情侣在湖边吵架,其中一人脱光衣服跳河自杀,不料河水只到腰#

这种新闻平时我就哈哈哈地转了。

现在满心只有一句神他妈到腰。

知不知道人类的只到腰比一只龟长多少。

12

我们回家,电梯里我和龟都很严肃。

电梯里还有邻居大妈,她也表情严肃。

一时间气氛安静。

过了三秒。

大妈没忍住,还是开口道:"年轻人,有什么事儿不能好好说?感情这种事情,重在细水长流。等你们老了以后就知道了,还是对方靠得住。"

我看了眼龟。

龟没看我,他眼睛盯着电梯显示楼层的数字,几乎盯出火来。

13

我和龟莫名其妙地被出柜了。这事儿全世界都知道了,包括天庭。

月老那家伙笑嘻嘻的,和我联系问我需不需要司仪,他可以现场发挥一段 rap。

凤凰发来贺电。

哦,对了,忘了说凤凰那家伙前段时间变成一只鸡复活归来,还泡了一朵花,搞了段花鸡恋。

14

狗日的凤凰出轨变心还秀恩爱。

好歹我们也是官方CP，竟然都不通知我一声。

15

龟回来后向上面打报告，打算用神力大批量清除网上不实信息。

我抱着平板看微博上火速诞生的关于我俩的段子笑得不能自拔。

龟说："富强，这种危急时刻请你端正姿态。"

我说："正义，你知不知道同人里你是受啊。"

当天晚上我的粉色床单就被龟用水淹了。

还有我心爱的粉红鸭抱枕。

粉色苹果电脑。

粉色小坐垫。

还有我最心爱的粉毛衣。

16

这日子没法过了。

我和龟大打出手。

我这人有个毛病，生气的时候，会控制不住自己的神力。

普通人类的衣服根本无法承受。

总而言之就是爆衫。

我赤身裸体地和龟打作一堆。

这时候天帝突然联系我。神仙和神仙的联系方式通常就是半空中突然出现一个框，和手机视频聊天差不多，比那个高级一点。

主要天帝是我上司,他联系我通常不会提前打招呼。视频接通说来就来,一点不尊重下属隐私。

于是他看到的我和龟的样子,就是我光着身体骑在龟身上打龟。

天帝很镇定地抛下一句"你们继续",就切断了视频。

我:"……"

17

天帝又要派我出差,还不给加工资。

他说某地出现大批量死而复生的案件,让我和龟去查。

等事情交代完毕,天帝一脸正经地和我说:"注意安全。"

我有些感动。

天帝继续说:"龙龟恋虽然有些冷门,但请继续发糖。"

我:"……"

"这是你们的天后让我转告你们的。"

天后……能不能不要一天到晚看些奇怪的东西!

18

我和龟本来打算瞬移到那里,但龟用百度地图查了一下我们的传送点,发现那里起码有五个摄像头。

好气,还是得坐火车。

我把平板充满电,买了个移动 WiFi 在火车上用。

结果我不小心点了一个辣眼的小视频。

里面那个污浊的人类把两只亲密接触的龟强行拖开。

然后我看到了一个骇人的大宝贝。

19

龟去给我买了桶我最爱的老坛酸菜面和几包薯片。

等他抱着东西回来就见到目瞪口呆的我。

他问我怎么了。

我眼神直直下移。

龟不明所以。

我使劲把自己大张的嘴巴合了回去："龟啊，天赋异禀啊你，真人不露相。"

龟：？？？？？？

20

其实天庭也有个群。

但是这个群比较高大上，没有修炼到一定级别的仙力根本没办法听到那群里在说什么。

当然，仙群里的内容也毫无营养。

比如凤凰和花搞禁忌恋。

月老又双叒叕牵错红线了。

天后化身凡人下界追星。

天帝沉迷玄学无法自拔。

七仙女组了个女团准备出道。

文曲星沉迷起点小说准备买 IP。

太白金星和嫦娥一块儿研究星座分析感情。

最近几天我和龟的话题荣登榜首。因为我的仙界级别比龟高上那么一点，所以我能听得到群里的人在扯些什么。

龟却听不到。

只能看着我的脸由青到白再转红。

21

这些上司们也是闲的，也就我们这些底层工作人员在人间累死累活。

他们喝茶唠嗑，还不时拿我们打趣，还不给加工资。

上次那个可以加四十年工资的蟠桃我就没能吃到，当时我去了外地解决事情。

等回来别说蟠桃了，连蟠桃核都被七仙女拿去磨粉敷面膜。

你说她们天天泡瑶池水，一个个皮肤比鸡蛋白还嫩滑，为什么还要敷面膜。

女仙子的心思本龙真的不懂。

22

我和龟到了目的地，我放出龙息去探查这片有没有不寻常的气息。

还真的给我探到了一点。

这座城市的灵气很强，这种灵气会导致精怪快速茁壮生长。

有精怪了，就会影响人界。

话本里不是说了吗，人妖恋，人死了，妖想法子从阎王爷手里抢人。

这法子还是有的。

怪不得会有多起死而复生的案件，原来是有妖作祟，干涉天地秩序。

23

死而复生的事情已经通知了阎王那边。

大批黑白 CP 们即将赶来。

我和龟只需要追查灵气根源，顺便解决灵气过旺所导致的遗留问题。

该压制的压制，该扼杀的扼杀。

比如有精怪入了魔，就得打怪。

24

灵力很强的根源是这座城市的深渊之地囚困着一条魔龙。

但那魔龙已经死了好多年，到死都被封印着。

可就算死了，它本身强大的灵力也影响着这片区域的灵力纯度。

毕竟是魔龙，这种灵力下滋生的精怪，多会心术不正，走火入魔。

25

我和龟站在那条魔龙上方。

它被一片冰层覆盖着，红色的龙鳞黯淡无光，龙身蜷缩成一团。

我哭了，看着那条魔龙，哭得不能自已。

龟脸色惨白，像是看到最可怕的东西。

随着我的眼泪滴在冰面上，像是回应，落下的眼泪四周都泛起红光。

我情不自禁跪在冰面上，想破开冰面。

龟立刻阻止了我。

他的眼神如黑色深渊一样寂静可怕，脸上带着我不认识的可怕表情，他问我："你知道他是谁吗？他是魔龙，引起七百年前大战动荡的魔龙。"

26

我想我不知道，因为七百年前，我还在东海最深处睡觉。

等我醒来，大战已经结束了。

凤凰死了。

很多认识的神仙同僚都死了。

这才是整个天庭都如此空旷、神仙供不应求的原因。

古时候人类总是求神，大战时，神又能求谁。

人可轮回，神死后，形神俱灭，三界五行，无处可寻。

27

其实我有听说的。

龟的所有牵绊，都在大战中失去。

怪不得他见到这魔龙是这副表情。

那我呢?

我又因为什么?

又是为何而哭?

28

我私信天帝，询问当年的事情。

天帝顾左右而言他，在我再三逼问之下，我才知道我与魔龙的关系。

这是连我都不知道的关系。

原来魔龙早些年也是真龙，按辈分来说还是我舅舅。

在我出生前他已经叛离了家族，在我沉睡时，更是闹出了一场惊天动地的大事。

族中之人都对这个舅舅再三避讳。

直到这次我出差，见到了死去的魔龙。

血缘的羁绊使我落泪。

29

龟恨魔龙，我是魔龙的亲属。

所以他恨我。

毫不留情，不讲道理。

龟说他本来就很讨厌龙，只是上面让他来成为我的搭档，本来他想不会倒了血霉碰上一条和当年事情有关的龙，结果还真碰上了。

龟说看在往日的情分上不打死我，但没办法和我继续搭档下去了。

他要走。

30

我觉得我有点难过。

其实当年的大战，龙族首当其冲，牺牲了不少同胞，也包括我认识的龙们。

我醒来后，一夕之间只剩我一条龙，茕茕孤立于这世间。

龟是后来唯一进入我生活中的朋友，我难得的朋友，现在他要走，我拦不住。

31

我抱着龟送我的粉色毛衣，立在房间门口看他进进出出，忙里忙外。

这个家有很多我俩一起买的东西。

我问他："你之后的搭档会是谁啊？"

他说："反正不可能再是龙。"

我继续问他："你平时买的曹式鸭脖是哪家店，你走了我去哪儿再买？"

龟翻出一张名片，丢在桌子上。

那是外卖电话。

我抓着毛衣的手紧了紧，继续骚扰他："水电费去哪儿交，菜在哪儿买，万一我又沉迷游戏殴打凡人怎么办？"

龟不出声，我也渐渐地安静了，默默地看着他。

32

龟不会因为我的三言两语留下来。

魔龙的事，虽然不怪我，但龟也没办法心安理得地待在我身边。

他收拾行李的时候，连我们的相框都不肯收，我送他的龟仙人也没拿。

连那张我们一起挑的满是小乌龟的床单也不要了。

他是用行动来和我一刀两断。

天上又下雨了。

可这次不会再有人冲过来怒气冲冲地和我说："喂！你把我家淹了，你得对我负责。"

33

我和天庭请假，我觉得我可能又要睡上一段时间。

天帝倒是没说什么。

其实我都不想控诉他们为什么偏偏选龟来做我的拍档，难道他们没想过我们俩会有今天结局吗？

天帝也很无奈。

毕竟拍档这种事情从来都不是他所能决定的。

一般天庭这种人事安排，都是抽签决定的。

我冒着火，几乎控制不住以下犯上的语言。

第一次龙胆包天地切断了视频。

独自一龙生闷气。

这种被朋友划清界限的感觉，实在太让我难过。

34

我一条龙打撸。

一条龙吃饭。

一条龙看恐怖片。

一条龙晚上睡觉。

一条龙施云布雨。

我想换名字就换名字了,把龙富强改成龙有钱。

想打人就打人,想吃垃圾食品就吃垃圾食品。

爱看什么就看什么。

其实日子还挺爽。

35

爽个屁!龟这个家伙!几百年前都不流行连坐了,你凭什么说走就走,说断就断。

当我吃软饭长大的吗!

论级别我还比他高!

凭什么是他先不把我当朋友?!翻脸无情!

我怒气冲冲,通过精怪们的告知,我得知龟又搬回了以前住的地方。

那个地方虽然被淹了,但后来龟一直有去修复。

听说本来是打算等我这个房子到期,他邀请我去那里住的。

说实话,龟住的地方那么小,我得变成蚯蚓才能钻进去。

当时我嘴上嫌弃,心里还是挺高兴的。

没想到世事无常。

36

我去找龟,结果龟住的地方还挺大。

小别墅背山面水。

看来当年不是被淹了,是遇到了泥石流。

我敲门,心里想了好几种开场白。结果来开门的神让我成功闭嘴。

那神是河神。

原来龟已经有新的拍档了。

一直以为他只是一时生气,时间到了,我们就能和好,原来只是我以为。

37

我从火车站接来了天庭安排过来接任我手里头工作的小龙。

他还很小一只,刚成年。

出来历练,年轻的脸庞满是朝气。

我带了他一段时间,确定他能自己单干之后,我就收拾好包裹,准备找一个风水宝地睡觉。

38

其实以前也是这么过的。睡一觉起来,什么事情不能解决。

再大的事,几百年以后,又是一番新模样。

39

我化为原型，蜷缩在山洞里，慢慢地闭上眼睛。

后来我就做了一个梦。

那梦很真实。

龟手执火把来寻我。

梦里红色的火光刺着我的眼睑。

我睁开龙眼，那火光让我眼睛刺疼刺疼的。

我看着狼狈前来的人影，眼泪一下就滚了下来。

我瓮声瓮气道："多少年了，你才来。"

那个人没好气地说："一个礼拜，傻逼，和我回家。"

40

数百年，我醒了睡，睡了醒。

时而梦见自己一身红磷。

戾气十足，动荡心神。

天道不公。

时而梦见那七百年前的大战。

最后满是不甘的绝望，被永远冰封深渊。

41

我在梦里被迫接受着这样的记忆。

狼狈不堪。

我向那桀骜不驯的红龙怒吼："不是你！不可能是你！"

红龙笑了。

他没有反驳。

可我却看见，我的青磷一片片褪成红色，就像噩梦一般。

恍然间我忆起七百年前，我刚从沉睡中苏醒，就被一抹红火如蛇般缠绕住身体。

那红火渗透了我身上每一个地方，无休止的疼痛将我生生痛晕过去。

42

我猛地惊醒。

四处张望。

什么红龙魔龙没有半点影子。

我心里松了口气，只是梦而已，我步出洞穴。

不知人间几年。

太阳暖暖照在我身上。

我浑身发凉。

因为我发现，我的头发。

变成了红色。

血腥的，不详的红。

◇ END ◇

孤独的目击者

♥ 文/ 沈辰桓

以下发生的事情绝对真实。

我是一名在韩留学生,于 2014 年 3 月 21 日来到韩国,至于我为什么对这个日子记得如此清楚,是因为那天,我从飞机上跳了下来——在两万米的高空。

1

我见过龙。

那是小学二年级的星期五,父母出远门,将我托付给外婆照顾。于是下午放学后,我独自乘车前往外婆家。

外婆的家非常偏僻,我坐了三个小时的客车,才来到那个山村。

然而这里并不是终点。我和在此等候的外婆穿过山村,走了半个小时的山路,才来到外婆独居的瓦房。印象中,那里荒无人烟,宁静而又神秘,不管是白天还是黑夜,周围只有虫的鸣叫与风吹过山林时的呼吸声。

外婆喜欢大自然，讨厌车水马龙的城市，这一点我和她非常相像。我觉得城市规规整整，让人失去想象力，而自然却充斥着无限的可能，谁知道那棵大树后藏着哪只精怪，谁又知道那池湖水中潜伏着怎样的异兽？我喜欢幻想，了无人迹的环境给我提供了极好的想象氛围。

而外婆知识渊博，慈爱而感性，她脑袋里装着数不清的故事和传说，和她在一起时，我的好奇心总能得到满足。我对这世界有着如此多的新奇感，那都是由她一个又一个的故事塑造而成的，通过她，我才知道原来世上还有那么多不为人知的稀奇事，也让我对神秘文化充满了向往。

那天我和外婆刚吃过晚饭，她便感到疲倦了。外婆年纪大了，精神不比以往，我便扶她去卧房歇息了。

当时正值夏日，我搬了张小板凳，独自在门口纳凉，却发现周围静得诡异。往常这个时候，山里的虫子叫得正欢实，今天却都哑了。随后又发现这会儿的天气闷得人心口发慌，连一丝风都摸不着。周遭倒是像往常一样黑漆漆的，但我却觉得今晚的夜色有些不一样。

我不禁感到有些害怕，抬起凳子想要回屋里去。

突然，前方连绵高山上的天空撕开了一道裂缝，深紫色的电蛇转瞬即逝，等了许久，想象中的雷声轰鸣没有出现，等到的却是第二道闪电。两道闪电出现在同一个位置，依然无声无息，安静得可怕。一切都静悄悄的，像是消了音的电影。

无声的电芒总共闪了六次。在第六下的时候，我看见了它。

它同闪电一般粗细，在云层间蜿蜒盘旋，与紫光缠绕在一起，像是另一道金色的闪电。我吃惊得浑身发抖，有些意识到了我所看到的是什么，然而当我眯起眼睛，想要看得更仔细的时候，天地间唯一的光源却迅速趋于黯淡，最后同它一起不见了踪影。

周围瞬间变回了山间应有的夜色，虫子们不知道什么时候又活了回来，"吱吱"地嚷个不停。

这时，我才发现外婆站在我的身旁。

她弯着腰，望向闪电消失的天际说："龙王爷走了。"

那时外婆的白内障已经非常严重了，基本看不见东西，我更加感到不可思议，于是赶紧问道："阿婆，你怎么能看见了？"

她说她看不见，但她能感觉到。

外婆说她小的时候见过龙王爷，那条黑龙就坠死在她家前面的玉米地里，当时村里谁也不敢去碰龙王爷，都只能远远地瞧着叹息。说来奇怪，当时天也不热，可没几天，龙王爷的肉就烂得一点都不剩，骨架堆了三十米长。之后来了一批日本军人，把龙骨连夜给运走了，这事儿还上过当年的报纸。

她说自己虽然只见过一次龙，但就那一次，便再也忘不掉它的气势，就算眼睛瞎了，也能感受到它的存在。

她还说她在大山里住了几十年，看到过几次大蛇渡雷劫。

那都是些雷雨交加的日子，几米粗的大蟒腾空飞起，引天雷来劈自己，想借此化为真龙，最后却都被劈成了灰。天劫是个坎儿，就算修行再高，没跨过去的也不是真龙。成了精的大蛇都藏在深山里躲着雷劫，千百年后，攒足了实力再过这个坎儿，实属不易。

我对外婆的话深信不疑。我承认在我的世界观里，幻想与现实是很难分清界限的，但我相信我所看到的，我见证了龙的存在。

然而这是我最后一次见到外婆。

在我回家半个月后，外婆去世了。听说外婆走得时候很安详，在

睡梦中就去了。但我还是觉得难以接受，我能敏感地察觉到我的世界里少了些什么，我可能再也无法补全这个缺口了。

2

自从外婆去世后，我便愈发对龙陷入了一种执着。

我想倾诉，把我见到的告诉大家，不能只有我一人知道龙的存在。我曾向我的好朋友宣布龙的真实性，以及那晚我所看到的场景，结果却被他嘲笑了一顿。我辩解说我阿婆可以证明我所说的，他反驳道："那你倒是让她证明一下啊。"然而外婆已经去世许久了。

类似的事情发生了太多，不仅朋友，就连父母也都不相信我的话。他们眼见为实的态度让我濒临崩溃，那段记忆在某段时间里，一度变得非常模糊，让我也不禁怀疑是不是自己的记忆出错了。

这么多年以来，我不知收集了多少关于龙的资料，硬盘里存了数不清的文献记载，以及各种真真假假的图片与视频。到了初中三年级，我甚至起了要亲自拍到龙的想法，于是当年的我决定前往传闻中最容易目击到龙的昆仑山。我扛着一大堆摄影装备，坐了几十个小时的火车，到达了昆仑山。然而结果却并不美好，直到我把钱花得一干二净，最终不得不离开那里时，我仍然一无所获。

当然，我也给很多龙的目击者打了电话，发现有很多没法自圆其说，比较真实的那些，都被我记录下来，编写成档案。我找到记录着外婆所说坠龙事件的旧报纸，甚至还找到了当年与外婆同村的老人，我通过电话向他询问，发现他的答复与外婆相差无几，他说当年确实有飞龙坠入村子，而且被日本人给搬走了。他的话证明了外婆所言不虚,给我带来了些许安慰。

多年后,我把所有搜集到的资料整理在一起,拿给那些曾嘲笑我的人看,觉得这足以让他们信服龙的存在,可他们只是觉得我着了魔。有时他们会反问我:"如果龙真的存在的话,那我怎么没见过龙呢?"

我通过常年对龙知识的积累,心里早就自成一套理论,于是我拿出准备好的答复道:"你看,最近美国的生物学家发表声明,说是可能存在一种生物,它能在固态和液态间转换形态。我想龙就是类似的生物,只不过龙更高级一些,它能以固态、液态、气态三种形式存在。龙大部分时间都以气流的形式活动,所以才不被人类所察觉。只有在它以固态出现时,我们才能发现它的存在。"

通常这时我的理论已经让对方失去兴趣了,但也有人会继续追问下去,但多半是以戏谑的语气:"那蛟呢?"

"蛟与龙的状况相似,但却不能飞,只能在液态和固态间转换。平时它都以水流的形态存在,在大江河流之中栖息,所以每当蛟一移动,便会引起水势的变化。体形庞大的蛟经过哪里,哪里便会涨水。而普通的蛇呢,就只能保持固态,穿行于山林沙土之间,所以才想向更高层的形态进化……"

然而我发现,这些耐心听我说下去的人,也都只是把我的理论当作故事来听了。他们没有见过龙,所以打心底认为我的话耸人听闻。这不禁让我感到抓狂,却又无能为力。

我知道这世上大部分人都是愚昧的,他们只相信那些被所谓的科学认证的东西。科学的眼界还太窄,太多东西的存在不是不合理,只是科学还没有能发展到能解释一切的高度。但我还是想让别人承认我的想法、经历、以及我亲眼所见的东西。

我不断地想证明自己，却总是以失败告终。

随着时间推移，我对龙的渴望越来越强，对外婆的想念也愈发剧烈，几乎到了我无法忍受的程度。我迫不及待地想再次见到龙，因为在不知不觉中，那段记忆已变得模糊不清，对外婆的印象也不再清晰，不知何时，连我自己都无法确定，当年所见的那一幕是否真实了。

直到……

3

2014年3月21日，我坐上了飞往韩国的飞机。

当时的我萎靡不振，成绩差得一塌糊涂。在父母的建议下，我选择了出国留学。说起来，我已很久没再关注龙了，我感到心灰意冷，不再对那些"龙"事件兴致勃勃。

然而我知道自己始终没有真正地放下，我只是把真实的自己藏起来了，让自己面对所谓的现实。

我清楚地记得那天，我坐在靠近舷窗的位置，58A。

飞机穿透云层，徐徐地升入高空，然后平稳飞行于云海之上。午后的阳光透过舷窗，洒在我的膝盖上，我眯着眼睛，望向天空出神。

这时，我突然注意到了远处一个金黄色的小点，当我想要看得更仔细的时候，小点就变成了大点，然后又迅速变成了线状，在我的视野中不断地放大。金色的飞行物越离越近，还没等我缓过神来，它就已经变成填满整张窗户的暗金色鳞片了。

那些鳞片紧贴着机身，投下硕大的阴影。它们平稳地上下起伏着，不时在后背之上透露出些许阳光，任其洒进机舱中。

"龙！"我一下叫了出来。这时我才发现周围静悄悄的，飞机的轰鸣与乘客的交谈声不知在何时消失不见了，机舱安静得仿佛只剩我自己。

这是专属于我的时刻。

我双手激动地发抖，以至于我半天才解开安全带。我站了起来，环顾四周，发现果然除了我之外，一切都静止了。乘客们的动作都停留在了某个瞬间，有的拿着翻了一半的报纸，有的保持着端咖啡的姿势，甚至有个乘客的嘴边还悬浮着一块差点扔进嘴里的硬糖……

我跨过身边的乘客，又绕过与餐车僵在原地的空姐，在过道里向前狂奔。直到我跑到最前方头等舱的窗户边，透过玻璃，我看到了它覆盖着金色细鳞、须角分明的硕大头颅。

龙感受到了我的目光，转过头，巨大而狭长的瞳仁盯着我，那种压迫感让我感觉呼吸都停止了。但我还是认出了它，它就是我和外婆一起看见的龙，千真万确。而且，我能感到它在呼唤我。

我在被静止的时空中奔跑，来到舱门前。

门是开着的。然而想象中的强气流并没有出现，我也没有被气压差给抛出机舱。外面也是静悄悄的，无声无息。我看见龙庞大的身躯就在我的脚下，于是我就纵身跃了出去，在两万米高空。

我落在了龙的背上，四肢环绕，紧紧地抱住了它。龙并没有对我的突然出现表示抗拒，或许它根本就不在乎像我这样渺小的生灵，我对它来说太脆弱、太无关紧要了，对它构不成任何威胁。

它就这样与飞机平行飞着，轻幅度地扭动着，我能感到身下它坚硬温暖的鳞片，不知为何，我想到了外婆粗糙温暖的手。

"你只猜对了一部分，龙不只存在于物质世界中，还能融入精神，

进入梦境。"龙对我说——虽然它没有说话，但是我知道它说了，那声音就直接出现在我的心里，无比真切。

"那你是我的梦吗？"我问道。

它没有回答。

许久后，一声龙吟好似从天边传来，那声音时远时近，忽强忽弱，像是催眠的曲子，我轻轻地闭上了眼睛……

4

再次睁开眼，我正靠着飞机的座椅上。窗外的金色阳光慵懒地洒在我的衣服上，十分温暖。我仰着头沉思片刻，然后摸了摸腰间，发现安全带是解开的。

此时的机舱熙熙攘攘，空姐在过道里推着餐桌前行，举止端庄自然，一切如常，像是什么都没发生过。

我闭上眼，回忆着龙的模样、龙的声音与龙的触感，它深深印刻在我的记忆里，清晰可见。

是梦吗？

是梦，龙就是梦。

但我永远记得2014年3月21日，那天我看见了龙。

◇ END ◇

龙蛋的秘密

♥ 文/ 孤帆自赏、

1

"在很久很久很久很久……"

"你们老人讲话都那么啰嗦吗?"有一个声音打断了我的话。

"别插嘴!还想不想听故事?"我故作威严,接着道,"在很久以前,宇宙初生。龙,便存在。它们徜徉在浩瀚世界中,无忧无虑。有一天,因为一场灾难,它们消失殆尽,只留下了数以亿万计的死去的龙蛋,其中有一些龙蛋侥幸存活了下来。在时光的长河中,凭借着龙的生机,龙蛋的表面孕育出了新的生命。其中有一颗,人们把它叫做地球。"

"铃铃铃……"小女孩饶有兴趣地听着我的故事,忽然手机响起,女孩接了电话。

"喂,妈。好好好,我就回来了。"挂了电话,她抱歉地看着我,"不好意思,我妈催我回去,这故事有意思,下次讲给我听啊。"说着,便离开了。

我看着满天繁星，时候确实不早了。随意晃了一圈，便也回了家，关上门，走进一条昏暗的隧道，几分钟后，亮光渐现，一条千里长的巨龙，呈现在眼前。它与华夏图腾上的模样相似，盘着身子，浮在空中。

这里，是地球的中心。

2

我，是一位侍龙者。这名字听起来陌生吧，第一次听的时候，我也不知所云。那老头突然就出现在我面前，问我愿不愿意守护世界，我也是年轻，被他骗去做这么一个苦差。这侍龙者啊，千万年来，每一世，只有一个。而我们的任务，便是陪伴眼前这条巨龙，为了不让它破蛋而出。

地球，是一颗龙蛋，里面孕育着一条巨龙。在千万年前，它苏醒了，本能地想要破蛋，然而，这颗蛋的外面已经存在了太多的生命，若是它打破了这颗蛋，对外界的生命来说，无疑是毁灭性的灾难。幸亏，有一个人类发现了这一点，他费尽了心力，劝服了巨龙，让它安心待在蛋内，并用其一生陪伴了巨龙。这便是初代侍龙者。换而言之，侍龙者，就是地球的守护者。

其实，这对于巨龙来说，又何尝不是折磨。所以那人为了让人类对巨龙怀有敬重之心，便塑造了一个威严强大的神龙形象，流传于世。

3

巨龙听到了声响，睁开了足有半个足球场大的眼睛，盯着我，道：

"最近来得很勤快啊。"

"人老了，没事儿做，无聊只能来这里了。"我习惯性地顺着巨龙伸来的龙须，走到它的头顶上。

"朋友，你这样说话很不尊重我。"

"这话，听着耳熟啊。"

"你第一次见到我说的就是这话。"

"对对对，都快忘了。记得刚见到你，怎么喊都不应我，闭着个眼睛，态度真是差。这一晃，又好多年过去了。"

"别一下提到老了就伤感，"巨龙吐出一口浊气，"你那使命完成了没有？"

巨龙口中的使命，是我们侍龙者的另一个任务——观察这个世界是否有存在的必要。若得出的结论是没有必要，那巨龙，便会破壳而出。我做这个任务的方式，是问，问他们，喜不喜欢这个世界。

"祖训，当然要好好完成。"我回答，"我问了很多人，有一半是不理我，剩下的大多是不喜欢，只有一个小女孩，她说她喜欢爸爸妈妈，喜欢鲜花，喜欢太阳，喜欢朋友，喜欢世界。这个答案，你满意吗？"

巨龙闭目沉思片刻，随即笑道："看来，我还得在这个蛋壳里待一段时间。"

"唉。"我摸了摸它的头，叹道，"这千万年来，辛苦你了。"

"其实待久了，这蛋壳里感觉更舒服。"

听着它的话，我只是摇头苦笑，从它的头顶又沿着龙须走了下来。

"最后一个疑问，"我说，"我很好奇，初代怎么劝服了你待在这里的？"

"他说了什么我早忘了，让我留下来的，是他的眼神，饱含了对

世界的喜爱。既然这个世界能让人如此热爱，它一定很美丽吧。"

"你会喜欢的。"我点头，"此生使命结束，我去寻找下一任了，永别。"

"其实你们大可不必，我早已习惯独自生活。"巨龙道。

我只是挥手，没有回应，重新回到了外面。

4

"老爷爷，我来听故事了。"

"故事上次就讲完了。"

"啊？那么短？"

"那爷爷再告诉你一个秘密。"

"什么秘密？"

"爷爷我啊，守护了这个世界。"

"切，我还拯救了世界呢。"

"对啊，你确实拯救了世界。"

5

"小伙子，我见你一身正气，想不想守护这个世界？"

◇ END ◇

总 经 理	常蘩尘	设计总监	李　婕
总 编 辑	熊　嵩	产品经理	陈雪琰
执 行 总 编	罗晓琴	运营总监	蒋　雷
		流程校对	许斐然
执 行 策 划	胡丽云	宣传营销	蒋　惊
装 帧 设 计	刘江南　吴　彦		

总出品　漫娱图书

图书在版编目(CIP)数据

他是龙 / 扶他柠檬茶 等 著.
一武汉：长江出版社，2017.4
ISBN 978-7-5492-4947-3

Ⅰ.①他… Ⅱ.①扶… Ⅲ.①故事-作品集-中国-当代 Ⅳ.
①I247.81

中国版本图书馆CIP数据核字(2017)第079237号

本书由天津漫娱图书有限公司正式授权长江出版社，在中国
大陆地区独家出版中文简体版本。未经书面同意，不得以任何
形式转载和使用。

他是龙 / 扶他柠檬茶 等 著

出　　版	长江出版社
	（武汉市解放大道1863号　邮政编码：430010）
选题策划	漫娱　陈雪琰
市场发行	长江出版社发行部
网　　址	http://www.cjpress.com.cn
责任编辑	张艳艳
特约编辑	胡丽云
总 编 辑	熊嵩
执行总编	罗晓琴
装帧设计	刘江南　吴彦
印　　刷	武汉新鸿业印务有限公司
版　　次	2017年4月第1版
印　　次	2020年10月第4次印刷
开　　本	880mm×1230mm　1／32
印　　张	8.5
字　　数	171千字
书　　号	ISBN 978-7-5492-4947-3
定　　价	30.00元

版权所有，翻版必究。如有质量问题，请联系本社退换。
电话：027-82926557(总编室)　027-82926806(市场营销部)